平家物語

マンガとあらすじでよくわかる

関幸彦・監修
Yukihiko Seki
横山光輝・画

JIPPI Compact

実業之日本社

はじめに

12世紀末、わが国は時代の転換に位置していた。貴族社会が終わりを告げ、武士の世が到来し、歴史は大きく変わった。そうした歴史の奔流《ほんりゅう》を、平家《へいけ》一門の興亡《こうぼう》の運命を通じて描き出した軍記物《ぐんきもの》の白眉《はくび》が『平家物語《へいけものがたり》』である。

「祇園精舎《ぎおんしょうじゃ》の鐘の声、諸行無常《しょぎょうむじょう》の響きあり。沙羅双樹《さらそうじゅ》の花の色、盛者必衰《じょうしゃひっすい》の理《ことわり》を表す。おごれる者も久しからず……」という冒頭の著名な一文は、誰しも一度は聞いたことがあるであろう。韻文と散文の織りなす美しいハーモニーは、われわれを中世的世界へと誘《いざな》ってくれるようだ。

物語は、戦争と平和、栄華と没落、男と女、貴族と武士が登場人物の個性と合わせて紡《つむ》がれていくが、その主人公は間違いなく平清盛《たいらのきよもり》である。

清盛は王朝国家内部で武家政権をスタートさせ、中央政界のトップについた。一族も官職を独占し、外戚《がいせき》政治による繁栄を享受《きょうじゅ》した。清盛は反逆児とも希代《きだい》の名将ともいわれるが、清盛を抜きにして武士の世は成立し得なかった。

また、源氏《げんじ》の勢力も主役であった。「朝日将軍」と称えられた木曾義仲《きそよしなか》もそのひとりであり、無類の戦上手《いくさじょうず》と謳《うた》われた源義経《みなもとのよしつね》もそうであった。

清盛とその一門、さらに義仲、そして義経と、この三者は『平家物語』の進行に欠かせない主役ということになる。しかし、『平家物語』が人気を持するのは、〝勝ち組〟の歴史ではないという点にあるといえよう。

この三人の主役たちは、いずれも〝負け組〟。歴史の大局のなかで敗北した武将たちなのである。〝勝ち組〟の頼朝《よりとも》についての叙述もあるが、それは義経に比べて脇役的であり、滅びゆく者への惜別の情こそが『平家物語』の真骨頂《しんこっちょう》といえる。

『平家物語』は盲目《もうもく》の琵琶法師《びわほうし》たちによって広められ、やがて時代を超えて語り継がれる国民的文学へと昇華《しょうか》した。後世の文学や芸術にも大きな影響を与えている。ところが現在、物語の全体像を把握している人はことのほか少ない。

そこで本書では、読み本系を代表する「延慶本《えんぎょうぼん》」と、琵琶法師の平曲《へいきょく》の語りを中心とした「覚一本《かくいちぼん》」の二系統の諸本を参照しながら、現代語風味で『平家物語』を解説した。地図や図版のほか、横山光輝《よこやまみつてる》氏の名作マンガを効果的に配して、読者の方々が理解しやすいように構成した。本書を通じて、美しくもはかない『平家物語』の世界観を味わっていただければ幸いである。

関幸彦

平家物語　マンガとあらすじでよくわかる《目次》

第一部　『平家物語』基礎のキソ

第二部　『平家物語』を読む

第一章　平家一門の栄華

第二部　『平家物語』を読む

第二章　源氏の反抗、平家の滅亡

第二部　『平家物語』を読む

第三章　源平合戦のその後

※「名場面を読む」の原文、訳文は原則として講談社学術文庫の『平家物語全訳注』に依拠しています

カバーデザイン／杉本欣右
本文レイアウト／Ｌｕｓｈ！
本文図版／伊藤知広（美創）

第一部

『平家物語』基礎のキソ

『平家物語』はいつ、誰が書いたのか？

『平家物語《へいけものがたり》』は、平安時代末期に台頭した平家一門が栄華《えいが》を極め、源氏《げんじ》との争いのなかで没落していくさまを描いた軍記《ぐんき》物語である。日本の古典のなかでは紫式部《むらさきしきぶ》の書いた『源氏物語《げんじものがたり》』と並んで人気の高い作品だが、肝心の作者や成立時期については『源氏物語』と違って謎が多い。

まず成立時期については、遅くとも一二四〇年頃までには平家についての物語が成立し、『治承《じしょう》物語』といわれる断片的な物語を集めた短い作品ができた。それに少しずつ加筆や改訂がなされ、最終的に十二巻本になったと考えられている。

次に作者については、古くからさまざまな説が唱えられている。そのなかで、もっともよく知られているのは、鎌倉時代末期の歌人吉田兼好《よしだけんこう》の『徒然草《つれづれぐさ》』に登場する信濃前司行長《しなののぜんじゆきなが》説であろう。

『徒然草』によれば、信濃前司行長は後鳥羽上皇《ごとばじょうこう》時代の文人官僚であった。あるとき、行長は宮中の儀式で失敗をおかして恥をかき、学問を捨てて出家《しゅっけ》した。そんな行長を、当時天台座主《てんだいざす》（比叡山延暦寺《ひえいざんえんりゃくじ》の最高位の僧）をつとめていた慈円《じえん》が拾ってやり、行長は

❖信濃前司行長のひととなり

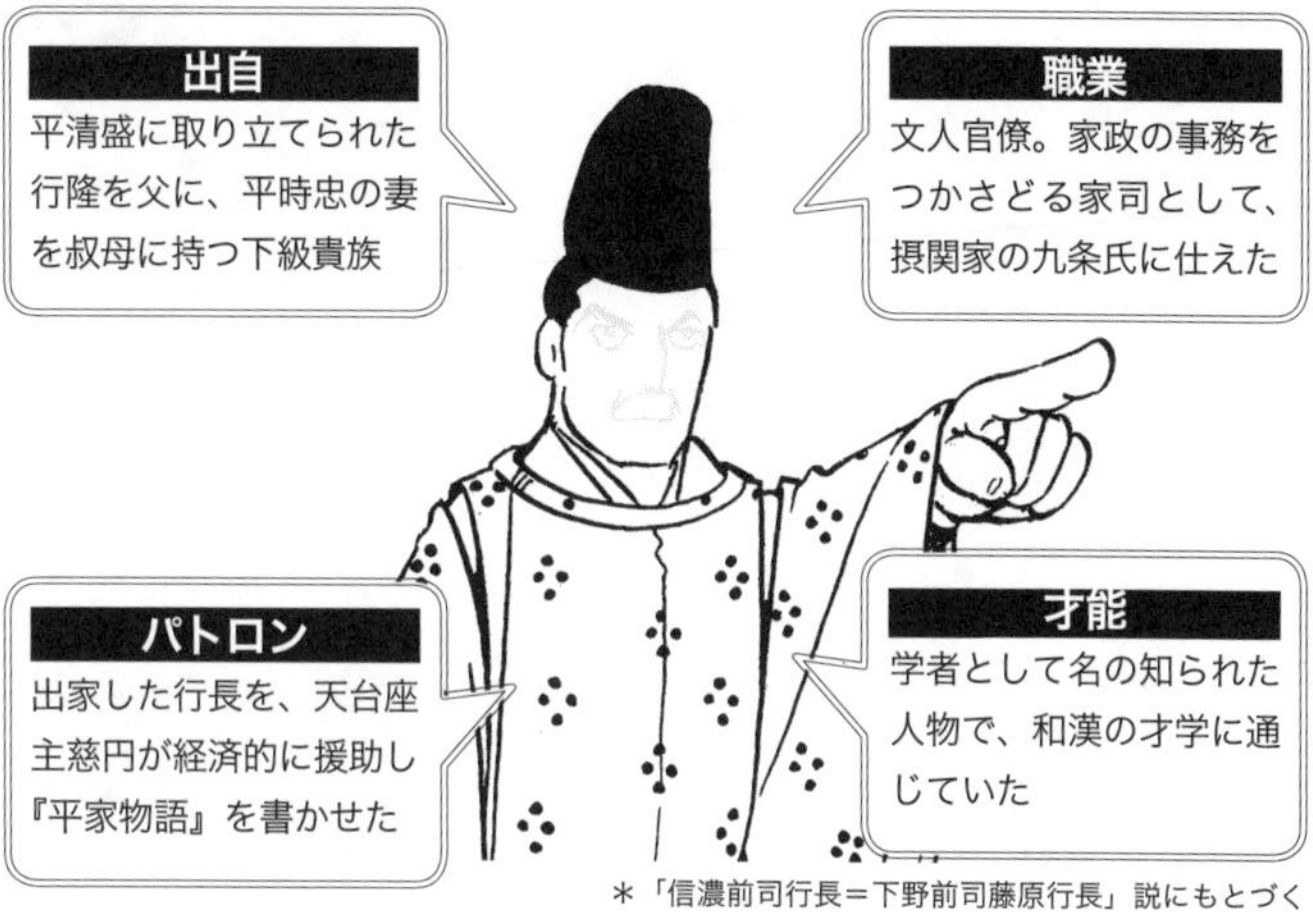
出自
平清盛に取り立てられた行隆を父に、平時忠の妻を叔母に持つ下級貴族
職業
文人官僚。家政の事務をつかさどる家司として、摂関家の九条氏に仕えた
パトロン
出家した行長を、天台座主慈円が経済的に援助し『平家物語』を書かせた
才能
学者として名の知られた人物で、和漢の才学に通じていた

＊「信濃前司行長＝下野前司藤原行長」説にもとづく

彼の庇護《ひご》を受けながら『平家物語』を書くことになったという。しかしながら、『徒然草』以外にこの話を伝えるものがないため、伝承の域を出ない。

ただ、信濃前司行長に比定《ひてい》される人物は存在する。下野前司《しもつけのぜんじ》藤原行長《ふじわらのゆきなが》だ。

彼の父は平清盛《たいらのきよもり》に取り立てられた藤原行隆《ゆきたか》で、父方の叔母は平時忠《ときただ》の妻。つまり下級貴族の出といえる。行隆は『平家物語』のなかでは好意的に描かれている。

また、慈円の兄九条兼実《くじょうかねざね》の家司《けいし》として仕えていたことも確認されており、信濃前司行長と下野前司藤原行長が同一人物ならば、信濃前司行長作者説の信憑性が高まる。だが、これを否定する材料もたくさんあり、定説にできる状況ではない。

『平家物語』を伝えた琵琶法師とはどんな人々か？

「耳なし芳一《ほういち》」という物語をご存じであろうか。

芳一という名の琵琶《びわ》の得意な盲目《もうもく》の僧が平家の亡霊《ぼうれい》に魅入《みい》られ、毎晩のように墓場で『平家物語』の弾《ひ》き語《がた》りをするようになる。それを案じた和尚《おしょう》は、亡霊から芳一の身を守るために体じゅうに経文《きょうもん》を書きつけたが、耳にだけ経文を書き忘れてしまい、亡霊に両耳をもぎ取られる、という怪談である。

これは作者の創作だが、『平家物語』は琵琶法師《びわほうし》と切っても切れない関係にある。『平家物語』が国民的文学作品となり、世の中に広く知られるようになったのは、琵琶法師による語りの効果が大きかったのだ。

そもそも琵琶法師とは、琵琶を伴奏にしながら物語を語る盲目僧形《そうぎょう》の芸人のことである。平安時代、『平家物語』ができる前から活動をはじめ、『平家物語』と出会ってから、その存在感が一気に大きくなった。特に、琵琶の伴奏によって『平家物語』を語るものを「平曲《へいきょく》」という。

驚くべきはその技法である。琵琶法師は『平家物語』だけでなく、『平治《へいじ》物語』『保元《ほげん》物語』といった軍記物を丸暗記しており、琵琶のリズムに乗ってテンポよく語る。声もよく、語る姿勢も様になっていて、中世の多くの人々を魅了した。

当時は武士や庶民が書物を手に入れるのは相当困難で、文字を読むことができない人が圧倒的多数であった。そのため、彼らは琵琶法師の弾き語る『平家物語』を聞いて、はじめて文学作品に触れることができたといわれている。

名のある琵琶法師としては、鎌倉時代初期の生仏《しょうぶつ》が挙げられる。『徒然草』によれば、生仏は「平曲の祖」であり、それ以後に平曲を語り上げた琵琶法師たちはみな生仏の語り口を学び、伝承していったといわれている。

また南北朝時代の覚一《かくいち》も優れた技能の持ち主で、寺社に芸能を奉仕する集団「当道座《とうどうざ》」の最高位であった。有力大名高師直《こうのもろなお》などは、覚一を邸宅に呼んで平曲を語らせ、贅沢な褒美《ほうび》を与えていたと伝わる。

しかし、覚一のように恵まれた生活をしていた琵琶法師は少なく、ほとんどがみすぼらしい格好で地方を語り歩いたり、寺社のござの上で演奏したり、路上に立ちながら語ったりしていた。

彼らは、貧しさや目が不自由という障害を抱えながらも、あちこちで平曲を語り歩き、『平家物語』を広めていったのである。

『平家物語』のキーワード「無常観」とは？

――祇園精舎《ぎおんしょうじゃ》の鐘の声、諸行無常《しょぎょうむじょう》の響きあり。沙羅双樹《さらそうじゅ》の花の色、盛者必衰《じょうしゃひっすい》の理《ことわり》を表す。おごれる者も久しからず、ただ春の夜の夢のごとし。たけき者もついには滅びぬ、ひとえに風の前の塵《ちり》に同じ――

この『平家物語』の冒頭部分は、国語の教科書などでもおなじみである。暗記させられた経験があるという人も多いに違いない。ここに『平家物語』のキーワードのひとつである「無常観《むじょうかん》」が、端的かつ明確に表されている。

では、そもそも無常観とは何なのか。

無常観とは、この世のすべてのものは生滅《しょうめつ》変化して移り変わり、永遠に同じ状態でとどまることはありえない、万物の存在に対する執着から解放されれば心の安楽を得られる、という仏教の根本理念である。もっと具体的にいうと、命ある者は必ず死に、形あるものは必ず壊れ、栄えているものも必ずいつかは滅び去るという考え方を意味する。

栄華を極めた平家が、源氏との争いに破れて次第に衰退し、やがて滅亡していく。それはまた、古代の貴族社会から中世の武家社会へと移り変わる歴史の大きな転換期でもあり、

❖『平家物語』を覆う無常観

祇園精舎の鐘の声
諸行無常の響きあり
沙羅双樹の花の色
盛者必衰の理を表す…

まさに「諸行無常」であった。

『平家物語』は、そうした時代背景のもとで書かれたからこそ、無常観に覆われているのである。

また、『平家物語』の原型ができた当時の聞き手のなかには、実際に源平合戦に参加した人や、身内が戦死した人、巻き添えで家や田畑を焼かれた人などもいたと考えられる。そうした人たちは、琵琶法師の平曲を聞いて、改めて諸行無常を実感し、強く共感を覚えたはずだ。

日本人のあいだで無常観が浸透していったのは、ちょうどこの頃からといわれるが、その過程には『平家物語』からの影響も多分にあったものと考えられるのである。

登場人物が次々と出家していくのはなぜか？

『平家物語』の登場人物は貴族、皇族、武士、僧侶などさまざまだが、出家して仏門に入る人が異様に多い。

たとえば、平清盛は五十代で病に倒れると、長寿を祈願して仏門に入り、それ以降は清盛入道《にゅうどう》（相国《しょうこく》）と呼ばれるようになった。清盛の嫡男重盛《ちゃくなんしげもり》も、四十三歳で病死する直前に出家した。奈良の興福寺《こうふくじ》や東大寺《とうだいじ》を焼き討ちにした重盛の異母弟重衡《しげひら》でさえ、命の危機が迫ると出家を願い出て、法然上人《ほうねんしょうにん》に戒《かい》を授けてもらっている。

また、清盛の娘徳子《とくこ》（建礼門院《けんれいもんいん》）は、壇《だん》ノ浦《うら》の合戦に負けて捕《とら》えられた後、長楽寺《ちょうらくじ》の印西《いんせい》上人を戒師《かいし》として二十九歳で出家し、死ぬまで念仏三昧《ねんぶつざんまい》の毎日を送った。

徳子はのぞくとしても、平家一門の男子は戦場では容赦《ようしゃ》なく敵兵を斬り捨てていた武士である。そんな屈強な者たちが、次々と髪を剃《そ》って出家していくのはなぜなのであろうか。

その理由としては、浄土《じょうど》思想の影響が考えられる。

先にも述べたが、『平家物語』が描かれたのは、ちょうど貴族社会から武家社会へと移行する過渡期であり、人々は世の中の変化にとまどっていた。また、大地震や飢饉《ききん》などの

❖剃髪して仏門に入る清盛

天変地異《てんぺんちい》が頻発したこともあって、人心は極めて不安定になっていた。そうした社会状況を反映して、浄土思想が流行していたのである。

浄土思想とは、来世において阿弥陀如《あみだにょ》来《らい》がおさめる極楽《ごくらく》浄土に往生することを説く教え。平安時代末期、法然が「南無《なむ》阿弥陀仏《あみだぶつ》」と唱《とな》えれば極楽浄土に往生《おうじょう》できると説いたことでさかんになり、貴族や武士の信者も多かった。

『平家物語』には、多くの滅び（死）が描かれているが、この滅びを癒《いや》し、救済を求めようとしても現世では極めて難しい。そこで物語の登場人物たちは仏教に帰依《きえ》し、極楽浄土に迎え入れられることを願ったのである。

平清盛は『平家物語』が描くような悪人だったのか?

平清盛と聞いて良いイメージを持つ人はあまり多くないであろう。悪逆《あくぎゃく》非道《ひどう》な独裁者、人心を理解しない愚か者、神仏をも恐れぬ罰当たりなど、一般的には悪人の印象がひじょうに強い。しかし、実際の清盛はそうしたイメージとは随分と違っていた。

清盛は父忠盛《ただもり》によって一人前の武士に鍛えられ、瀬戸内《せとうち》の海賊を束ねて有力武士となり、やがて中央政界に進出。保元《ほげん》の乱、平治《へいじ》の乱などの合戦で目覚ましい活躍をし、平家一門の栄華の基盤を築いた。

また、福原《ふくはら》(兵庫県神戸市)に巨大な港を築いて日宋《にっそう》貿易を発展させたり、安芸《あき》(広島県)に海に浮かぶ荘厳《そうごん》な厳島神社《いつくしまじんじゃ》を造営するなど、輝かしい功績をいくつも挙げている。

性格的にも穏やかで優しい人物であったようだ。若い頃は誰かが不都合な振る舞いをしようと、大きな誤りをしでかそうと、声を荒げることはなかった。最下層の召使《めしつかい》に対しても、彼の家族や知り合いが見ている前では一人前の人物として扱う気配りの人であった。

このように清盛は、平家一門を代表する立派な英雄である。清盛がいなければ、平家の栄華はありえなかったし、貴族社会から武家社会へ転換する時期も遅れたかもしれない。

❖『平家物語』に描かれる清盛のイメージ

ではなぜ、「清盛＝悪人」というイメージが定着しているのか。

それは『平家物語』での清盛が英雄ではなく、悪役として描かれているからだ。たとえば清盛は後白河法皇《ごしらかわほうおう》を幽閉したり、都を京都から福原に移したり、鎮護《ちんご》国家のシンボルであった東大寺《とうだいじ》の大仏を焼き討ちにした。

こうした悪行のなかには清盛に全面的な非がないものもある。しかし、『平家物語』は、それらについても清盛を徹底的に非難している。

いずれにせよ、清盛が有能な人物であったことは疑いようのない事実である。それを踏まえたうえで物語の世界に入っていきたい。

源平の二大派閥はどのように出来上がったのか？

『平家物語』の最大の見所のひとつは、源氏と平家の合戦の場面であろう。保元・平治の乱にはじまり富士川《ふじがわ》の合戦、倶利伽羅峠《くりからとうげ》の合戦、宇治川《うじがわ》の合戦、一ノ谷《いちのたに》の合戦、屋島《やしま》の合戦、そして壇ノ浦《だんのうら》の合戦と、源平は常に合戦を繰り返し、その度に互いの勢力図を塗り替えてきた。

十二世紀半ばからの武士の時代は、この源氏と平家、二氏の争乱によって幕開けとなったわけだが、それでは源平はどのように台頭してきたのか。その経緯を探るには、武士の興《おこ》りについて知っておかなければならない。

十世紀頃、地方では山賊《さんぞく》や海賊《かいぞく》が頻繁に出没したり、田畑や水路などをめぐる地主《じぬし》同士の闘争が増えるなど混乱が生じはじめた。当時の日本に正式な軍隊はなく、検非違使《けびいし》のような警察力で押さえようとしても、押さえきれないトラブルも多かった。

また、この時期には藤原氏などの貴族や、比叡山延暦寺《ひえいざんえんりゃくじ》など寺社の荘園《しょうえん》の拡大が目覚ましく、その管理や訴訟問題に実力行使が必要になってきた。こうした社会状況を背景に、力のある者が武士となっていく。

もともと天皇を始祖《しそ》とする由緒ある家系であった源氏と平家は、貴族として中央で出世する者がいるいっぽう、地方へ下って名士となる者もいた。そのなかから、皇統という血筋のよさを武器に、武士団の指導者としての地位を確立する者が出てきた。

やがて地方武士の集団がいくつも乱立し、その集団間での抗争がはじまる。源氏と平家はそうした争いを平定しながら、下級武士の集団をまとめて支配権を拡大していき、地方武士の二大勢力となっていった。

しかし、その後も武士の大規模な反乱はおさまらず、ついに朝廷が介入する。朝廷は、源氏と平家を含む有力武士を国司《こくし》に任命し、それぞれの地方をおさめさせた。

こうして源氏と平家は朝廷の有力者とのつながりで武士団を組織し、政治にも関わるようになった。

さらに時代が進むと、地位を上げて政界のより深い部分に食い込んで上級武士へとのし上がっていき、源氏は東国を、平家は西国を押さえ、この二大派閥に乱立していた武士団が吸収されていった。

派閥が複数あれば、抗争に至るのが世の常である。源氏と平家は権勢を拡大すべく武力衝突を繰り返し、新たな時代をつくっていったのである。

❖『平家物語』関連年表

西暦	和暦	事件・合戦	平氏	源氏	皇族・貴族・僧
一〇八六	応徳三				白河上皇、院政を開始
一〇九八	承徳二			源義家、昇殿を許される	
一一三二	長承元		平忠盛、昇殿を許される		
一一五六	保元元	保元の乱勃発			鳥羽上皇没
一一五九	平治元	平治の乱勃発			
一一六〇	永暦元			源頼朝、伊豆へ配流	
一一六七	仁安二		平清盛、従一位太政大臣に		
一一七〇	嘉応二	殿下乗合事件勃発	清盛、報復に出る		
一一七一	承安元		清盛の娘徳子、入内		
一一七三	承安三				文覚、狼藉により伊豆配流
一一七五	承安五				法然、浄土宗を開く
一一七七	安元三	鹿ヶ谷事件勃発			藤原成親ら配流

一一七八	治承二				徳子、後の安徳天皇を出産
一一七九	治承三		重盛死去 清盛、高官を解任し、後白河法皇を鳥羽殿に幽閉		
一一八〇	治承四	以仁王の乱 富士川の合戦	安徳天皇即位 清盛、福原へ遷都 水鳥の羽音に驚き敗走 平重衡、南都を焼き討ちに	源頼政敗死 頼朝、文覚に促され挙兵	以仁王敗死
一一八一	治承五			木曾義仲挙兵	高倉上皇没
一一八三	寿永二	倶利伽羅峠の合戦 水島の合戦 法住寺の合戦	清盛没 西国へ敗走 平重衡、矢田義清を討つ	義仲、平家軍を敗り入京 義仲、法住寺殿を火攻めし、法皇幽閉	

一一八四	寿永三	宇治川の合戦 一ノ谷の合戦	平敦盛敗死 重衡、鎌倉送り。維盛、入水	義仲、粟津で討死 源義経、鵯越の坂落として勝利	
一一八五	元暦二	屋島の合戦 壇ノ浦の合戦	平家滅亡。二位殿、安徳天皇入水 平家総帥宗盛、斬死 重盛、南都に送られ斬られる	義経、奇襲を敢行 義経、追撃 義経、頼朝に鎌倉入りを禁じられ、腰越状をしたためる	
	文治元		維盛の子六代が捕われの身に		後白河法皇、相次いで院宣を出す
一一八六	文治二				後白河法皇、寂光院に建礼門院を訪ねる
一一八九	文治五	衣川の合戦		義経、衣川で藤原泰衡に討たれ自害	
一一九二	建久三			頼朝、征夷大将軍となり幕府を開く	後白河法皇没

❖平家略系図

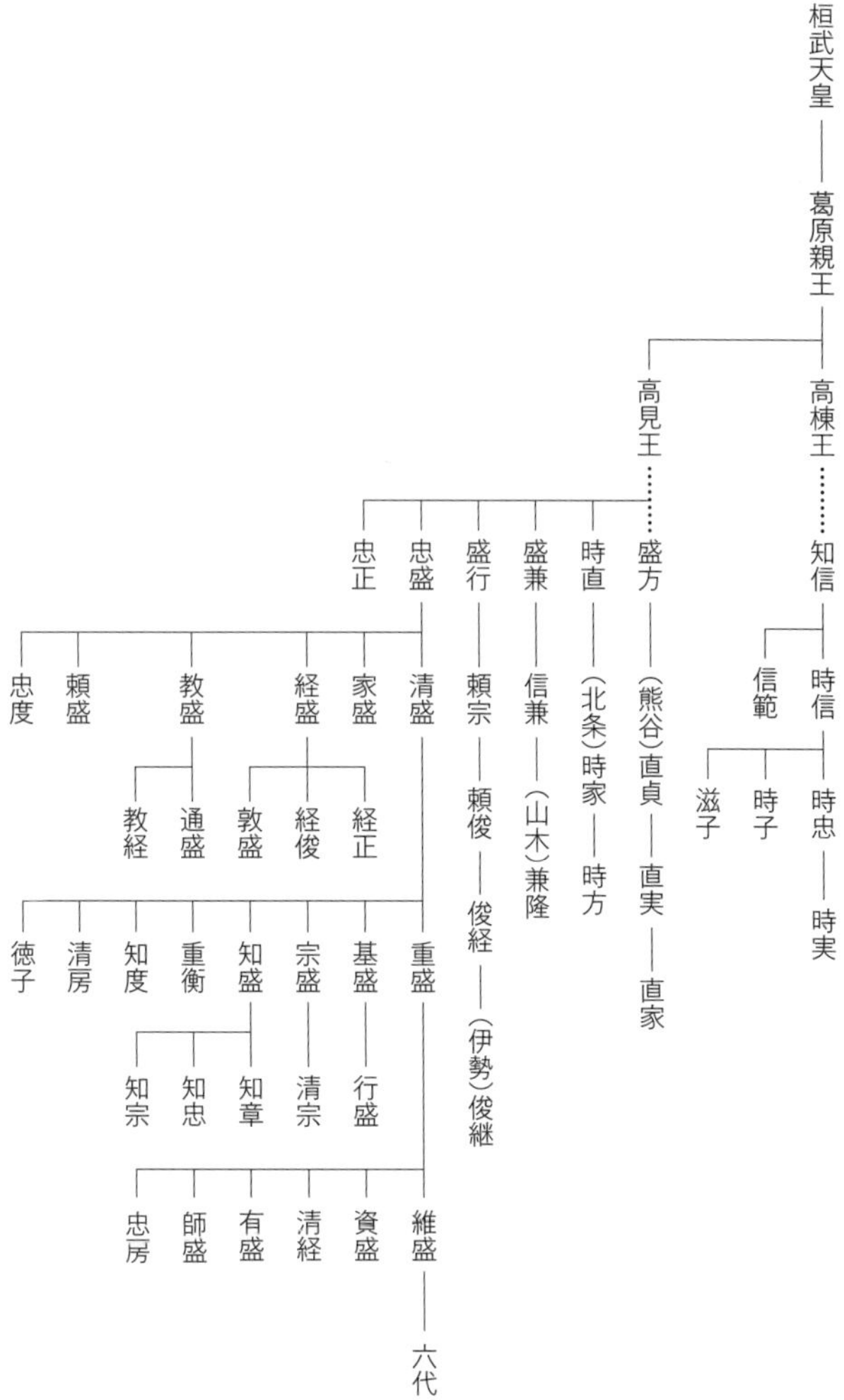

桓武天皇
葛原親王
高棟王
高見王
知信
時信
信範
時忠
時子
滋子
時実
盛方
(熊谷)直貞
直実
直家
時直
(北条)時家
時方
盛兼
信兼
(山木)兼隆
盛行
頼宗
頼俊
俊経
(伊勢)俊継
忠盛
忠正
清盛
家盛
経盛
教盛
頼盛
忠度
経正
経俊
敦盛
通盛
教経
重盛
基盛
宗盛
知盛
重衡
知度
清房
徳子
行盛
清宗
知章
知忠
知宗
維盛
資盛
清経
有盛
師盛
忠房
六代

❖皇室略系図

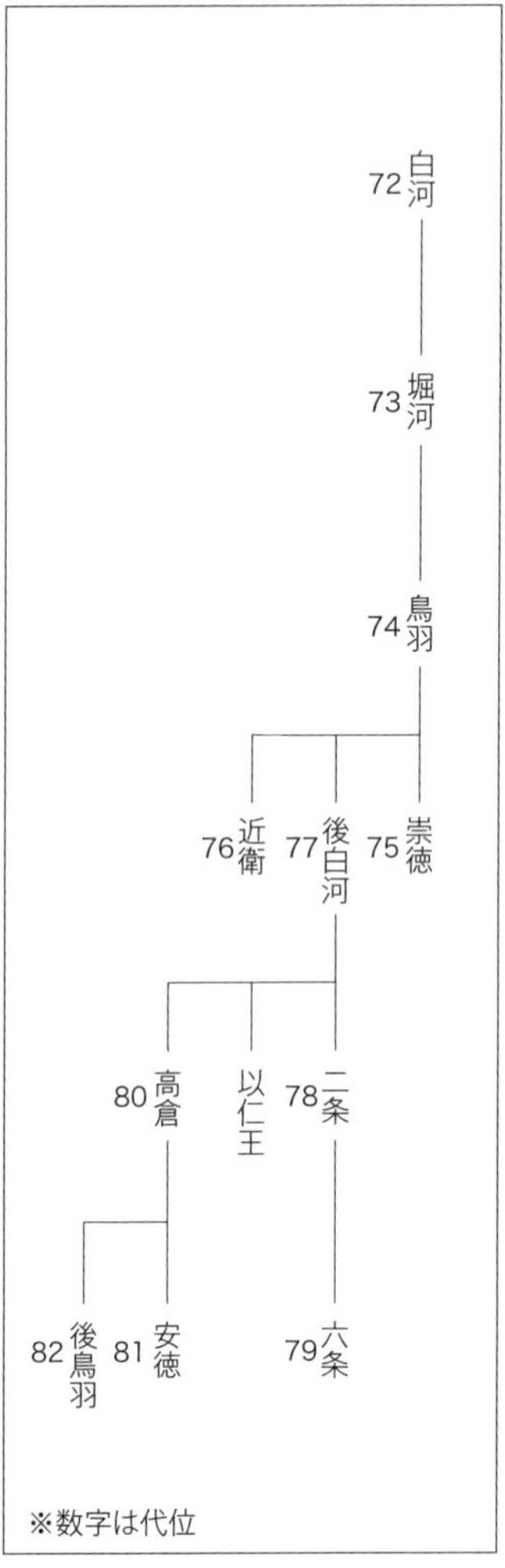
72 白河
73 堀河
74 鳥羽
75 崇徳
77 後白河
76 近衛
78 二条
以仁王
80 高倉
79 六条
81 安徳
82 後鳥羽
※数字は代位

❖源氏略系図

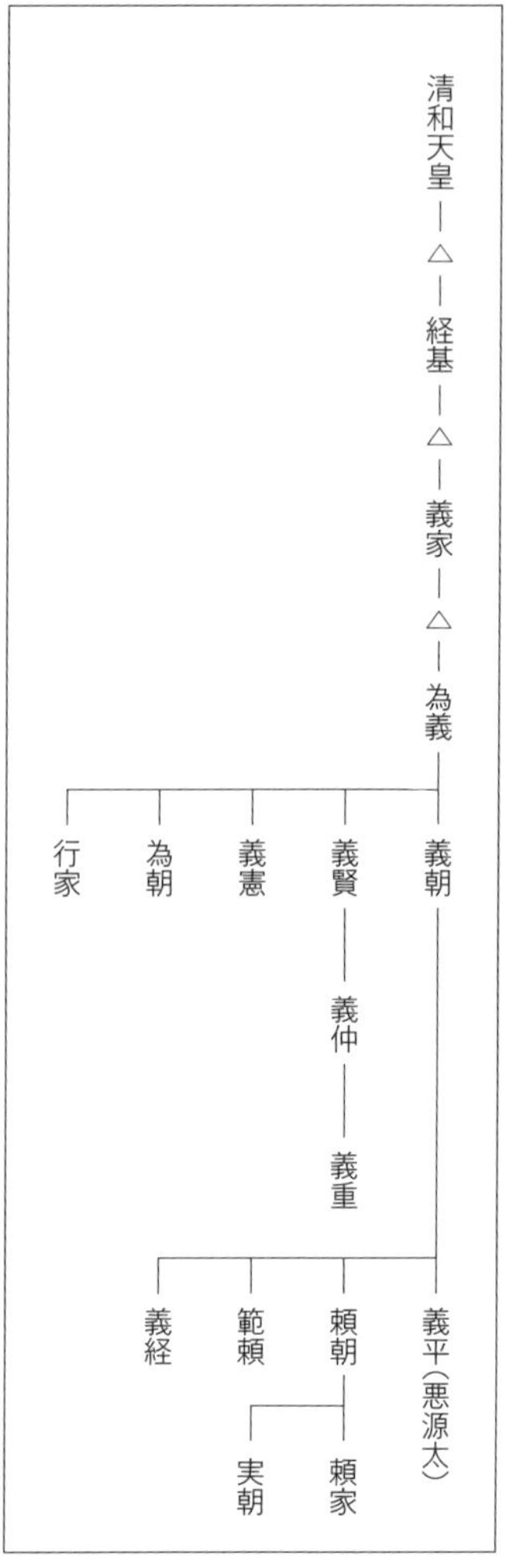
清和天皇
△
経基
△
義家
△
為義
義朝
義賢
義憲
為朝
行家
義仲
義重
義平（悪源太）
頼朝
範頼
義経
頼家
実朝

第二部　『平家物語』を読む

第一章

平家一門の栄華

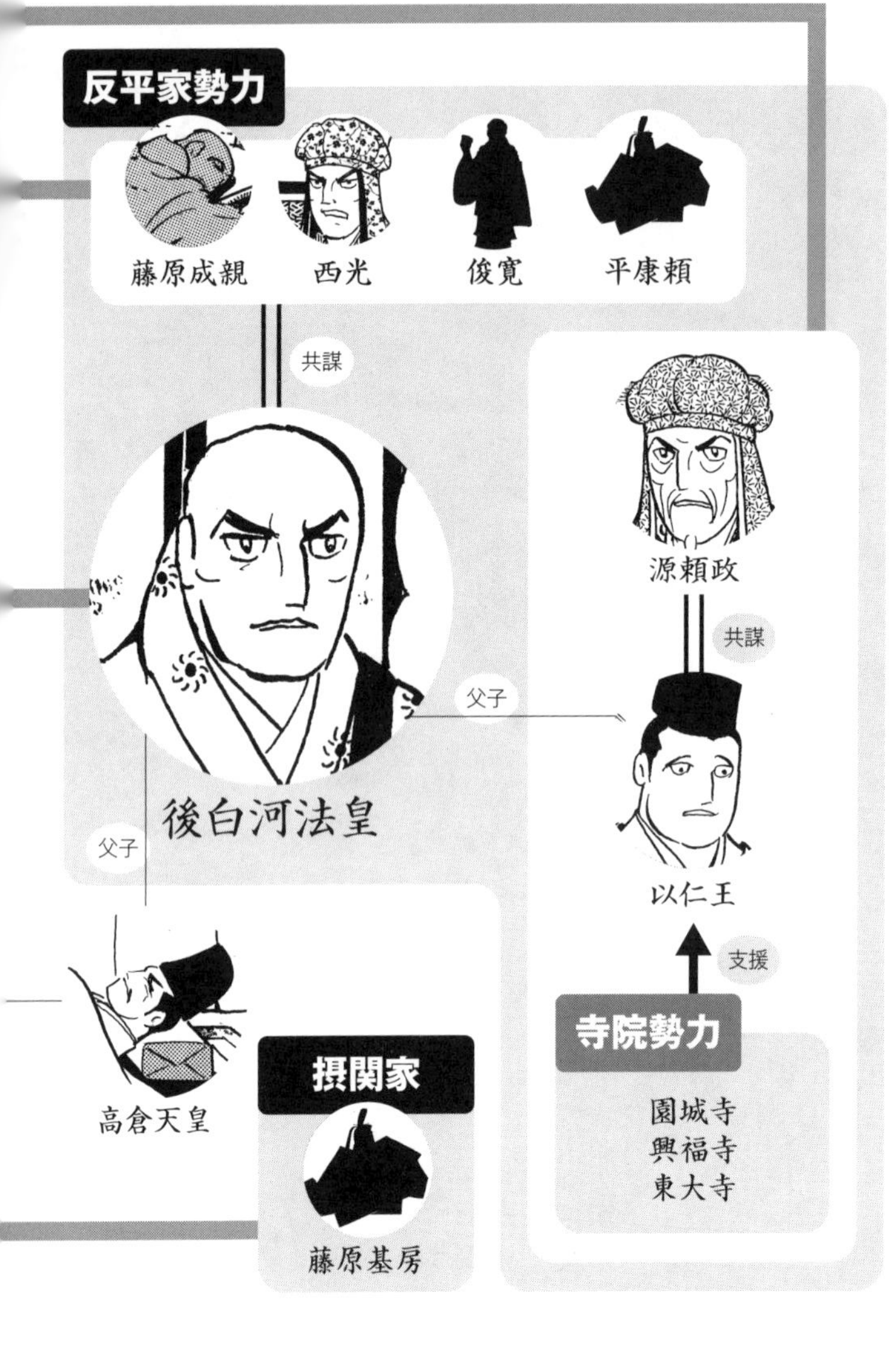

反平家勢力
藤原成親
西光
俊寛
平康頼
共謀
後白河法皇
父子
源頼政
共謀
父子
以仁王
支援
高倉天皇
摂関家
藤原基房
寺院勢力
園城寺
興福寺
東大寺

❖第1章・人物相関図

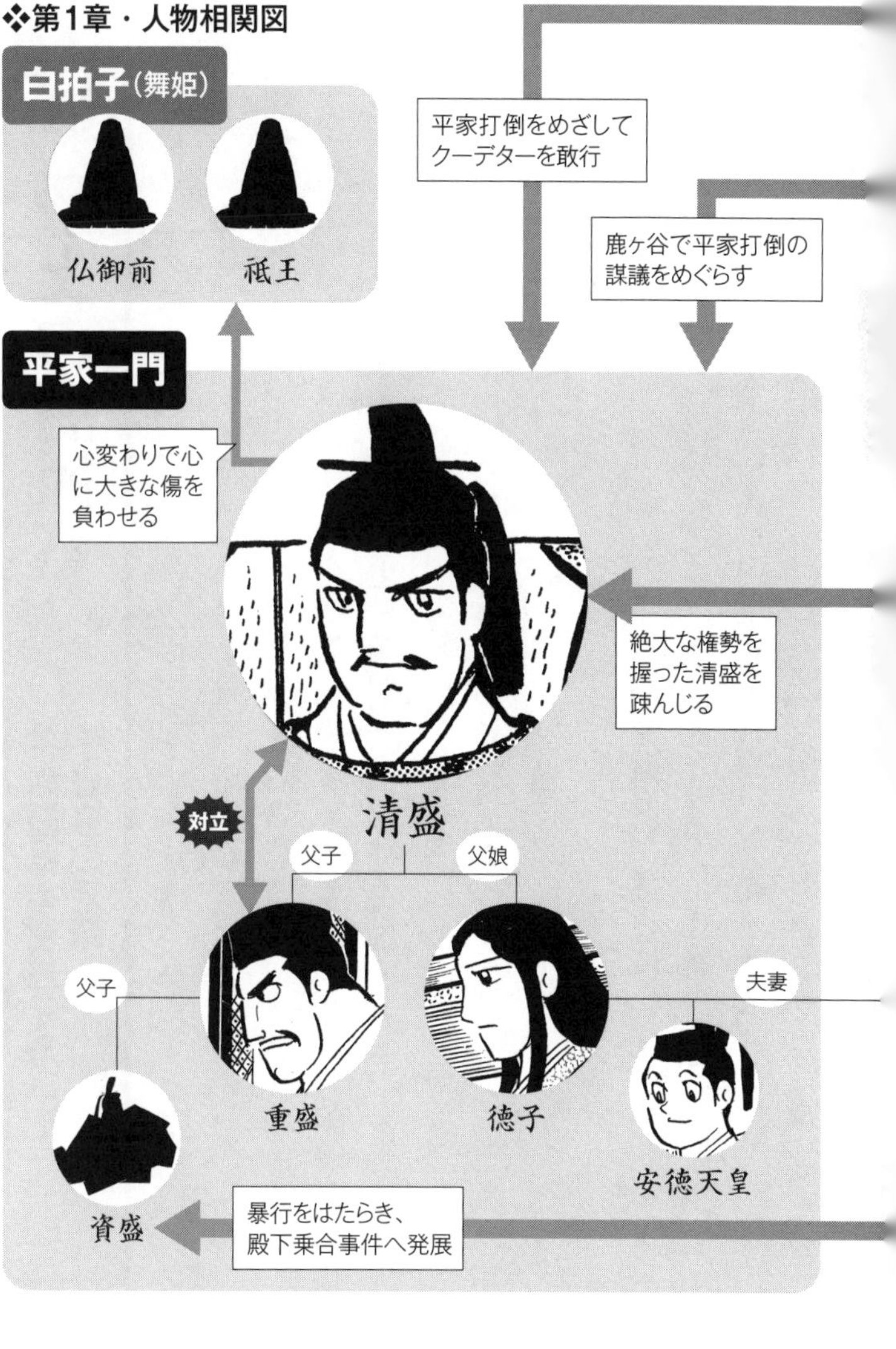

白拍子（舞姫）
仏御前
祇王
平家打倒をめざして
クーデターを敢行
鹿ヶ谷で平家打倒の
謀議をめぐらす
平家一門
心変わりで心
に大きな傷を
負わせる
絶大な権勢を
握った清盛を
疎んじる
清盛
対立
父子
父娘
父子
夫妻
重盛
徳子
安徳天皇
資盛
暴行をはたらき、
殿下乗合事件へ発展

巻第一

殿上の闇討ち

平家隆盛の地盤を築いた平忠盛の活躍

人の世は無常《むじょう》ではかないものである。不変・不滅の者はなく、栄えている者もいつかは滅ぶ――。物語はこのような序文からはじまり、栄華《えいが》を極めながらも最後に滅んでいった中国や日本の人々の事例を紹介する。そして最後に平家《へいけ》の英雄、平 清盛《たいらのきよもり》を導き出す。

そもそも平家は桓武天皇《かんむてんのう》の末裔《まつえい》で、高貴な家柄であった。しかし、藤原氏全盛の時代に不遇をかこち、清盛の祖父正盛《まさもり》の代までは諸国の受領《ずりょう》（地方長官）でしかなかった。中央政界とは縁がなく、内裏《だいり》への昇殿《しょうでん》も許されていなかった。

その平家が中央政界へ進出する契機となったのは、清盛の父忠盛《ただもり》の活躍であった。

◉名門貴族をやり込める忠盛

伊勢《いせ》（三重県）に本拠地を移していた忠盛は、蓄財した金で寺院を建立し、鳥羽上皇《とばじょうこう》に寄進《きしん》した。これにより上皇に気に入られ、ついには宮中への昇殿を許される殿上人《てんじょうびと》となった。ところが、この忠盛の中央進出は旧来の貴族たちの妬《ねた》みをかってしまう。

貴族たちは忠盛の異例の出世を快《こころよ》く思わず、忠盛の闇討《やみう》ちをたくらんだ。晴れの儀式の日に忠盛を袋叩きにして恥をかかせようとしたのだ。

しかし、忠盛は闇討ちの噂を聞きつけ、当日これ見よがしに短刀を腰につけて儀式に現れた。さらに武装した家来を同伴して、近くの庭に控えさせた。この忠盛の機転の利いた対応の前に、貴族たちは手を出すことができず、闇討ちは取りやめとなった。

気持ちがおさまらないのは貴族たちだ。その後も宴席で忠盛が斜視《しゃし》であることをからかったり、田舎者《いなかもの》だとあざ笑うなどいじめを続け、ついには殿上人の作法をわきまえない忠盛の地位を剥奪《はくだつ》すべきだ、と上皇に訴え出た。

訴えを受けた上皇は、ただちに忠盛を召し出して問いただした。すると忠盛は、「家来の武装は主人思いの行動によるものであり、刀は本物ではなく銀箔《ぎんぱく》をはった木刀です」と堂々と申し開きをした。はたして、刀は木刀であった。

忠盛の用意周到さと機知に感心した上皇は、かえって忠盛を「武士の鑑《かがみ》」と褒めちぎり、ますます重く用いた。

やがて忠盛の子が護衛《ごえい》の次官に出世し、昇殿を許されるなど、平家一門は権勢を拡大、中央政界における平家の地盤は確固たるものとなった。

その後、忠盛が一一五三（仁平《にんぺい》三）年に五十八歳で死去すると、長男の清盛が跡を継ぐことになり、物語はいよいよ深淵《しんえん》へと入っていく。

巻第一

平家の台頭

保元・平治の乱の功績により出世街道に乗った清盛

父忠盛の跡を継いだ清盛は、ほんの短期間のうちに中央政界での地位を築き上げた。政治家としての能力に秀でていたということも出世の理由のひとつだが、それ以上に大きかったのが保元《ほげん》・平治《へいじ》の乱における功績であった。

一一五六（保元元）年、鳥羽上皇が亡くなると、崇徳《すとく》上皇と後白河《ごしらかわ》天皇の兄弟対立が表面化する。兄である崇徳上皇は弟の後白河天皇を退位させ、自らの第一皇子重仁親王《しげひとしんのう》を皇位につけて院政《いんせい》を敷こうと画策。これに対し、後白河天皇は退位を拒否し、崇徳上皇に反発して見せた。この皇位をめぐる争いに、藤原摂関家《せっかんけ》の相続争い、さらに源平による武家の棟梁《とうりょう》争いが加わり、内乱へと発展していく。

崇徳上皇方についたのは、摂関家では藤原忠実《ただざね》・頼長《よりなが》父子、源氏では源為義《ためよし》・為朝《ためとも》父子、平家では清盛の叔父忠正《ただまさ》であった。いっぽう、後白河天皇方には清盛がつき、摂関家からは忠実の長男の関白忠通《かんぱくただみち》、通憲《みちのり》、源氏からは為義の長男義朝《よしとも》が味方した。

天皇方は、上皇方が集結していた白河殿《しらかわどの》に夜襲《やしゅう》をかける。すると清盛の大兵力もあって上皇方は窮地《きゅうち》に陥り、最後は天皇方が勝利をおさめた。

❖保元・平治の乱の対立構図

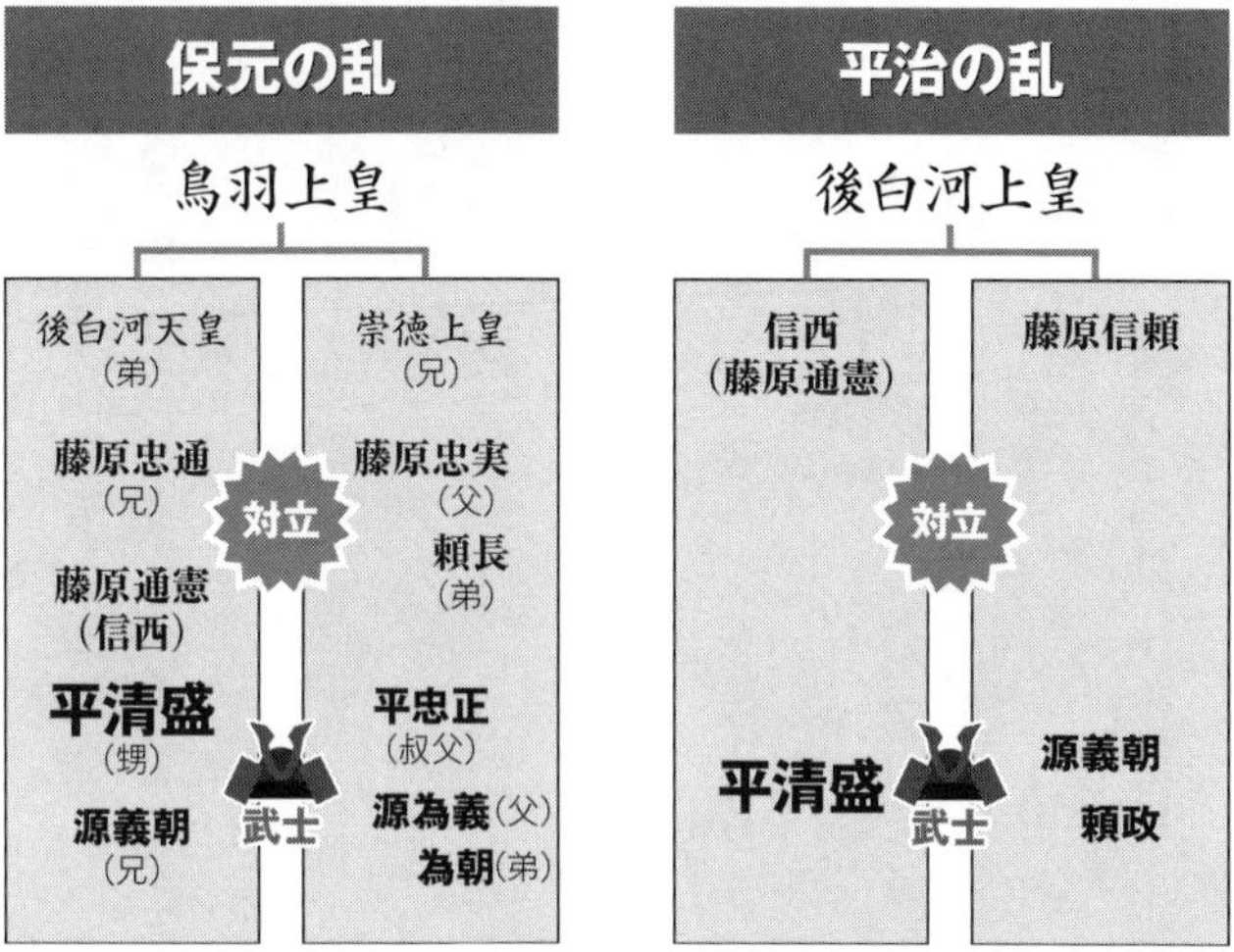
保元の乱
鳥羽上皇
後白河天皇
（弟）
藤原忠通
（兄）
藤原通憲
（信西）
平清盛
（甥）
源義朝
（兄）
崇徳上皇
（兄）
藤原忠実
（父）
頼長
（弟）
平忠正
（叔父）
源為義（父）
為朝（弟）
対立
武士
平治の乱
後白河上皇
信西
（藤原通憲）
藤原信頼
平清盛
源義朝
頼政
対立
武士

結果、敗者の崇徳上皇は讃岐《さぬき》（香川県）へ流罪《るざい》、平忠正と源為義は斬首《ざんしゅ》されることとなる。勝者の平氏は清盛が播磨守《はりまのかみ》に任じられたのをはじめ、一族こぞって官位や所領を得た。

しかし、父と弟を敵にまわしてまで天皇側につき従った源義朝には、期待した恩賞が与えられなかった。

◉明暗が分かれた平家と源氏

保元の乱後、後白河天皇は息子の二《に》条《じょう》天皇に譲位し、自らは上皇となって院政《いんせい》を敷いた。そうしたなか、上皇の側近の信西《しんぜい》（この頃、藤原通憲は剃髪《ていはつ》して信西を名乗っていた）と藤原信頼《のぶより》のあいだに対立が生じる。信頼が望んだ大将の地位を、信西に阻止されたことが確執の原因であった。我慢のならない信頼は、保元の乱での論功行賞《ろんこうこうしょう》に不満を抱く義朝と結んでクーデターを画策。一一五九（平治元）年、清盛が一族で熊野《くまの》へ詣でた留守をねらって挙兵した。平治の乱の勃発である。

義朝は御所《ごしょ》を襲って後白河上皇と二条天皇を幽閉し、山中に逃れた信西を捕らえて殺害、一気に都を制圧した。信頼の行為は、もはや信西との権力闘争ではなく、謀叛《むほん》であった。

この報を聞いた清盛は京へ取って返すと、表向きは源氏に従うふりを見せながら内部工作を行ない、二条天皇を女装させて幽閉先から逃がすことに成功。さらに後白河上皇も奪い返した。上皇は保元の乱に続き、またもや清盛に救われたのである。

天皇から源氏追討の宣下を受けた清盛は、反攻を開始し、御所の門を固めた源氏を鎮圧して勝利をおさめた。敗れた信頼は殺害され、源義朝は近江《おうみ》（滋賀県）方面に逃亡中、味方に裏切られ暗殺された。その長男義平《よしひら》も処刑され、次男朝長《ともなが》も自決した。

ただし三男の頼朝《よりとも》だけは清盛の継母池禅尼《いけのぜんに》の遺言《ゆいごん》で死を減ぜられ、伊豆（静岡県）への流罪ですまされた。まだ幼い頼朝の異母弟義経《よしつね》も、仏門に入ることを条件に死罪を免れている。こうして源氏の血脈はかろうじて守られた。

結局、源平による武家の棟梁《とうりょう》争いは、平家の勝利で決着を見た。清盛は後白河上皇の信頼を得、これ以後、さまざまな官位を与えられることになったのである。

❖平治の乱で敗北を喫する源氏

戦局は平家軍優勢に進み
源氏軍は敗戦。
首謀者の源義朝も
だまし討ちにされた

この平治の乱の結果、
源氏は壊滅状態となり
平家が台頭しはじめた

名場面を読む！

[原文]

…宇治の左府代《さふよ》を乱り給ひし時、安《あ》芸守《きのかみ》とて御方《みかた》にて勲功ありしかば…信頼卿が謀叛の時、御方にて賊徒をうちたひらげ…

[現代語訳]

…宇治の左大臣頼長が反乱を起こされたとき、安芸守であった清盛は後白河天皇の味方として功績を立てたので…清盛は信頼卿の謀反のときも天皇の御方で賊軍を討った。

巻第一

平家の栄華

天皇家と結びつくことで繁栄を手に入れた一門

清盛は凄まじいスピードで出世を続けていく。参議《さんぎ》検非違使別当《けびいしべっとう》（検察長官）、中納《ちゅうな》言《ごん》、大納言《だいなごん》、丞相《じょうしょう》（大臣）と一気に官職をのぼりつめ、一一六七（仁安《じんあん》二年）には中央政界のトップである従一位太政大臣《じゅういちいだじょうだいじん》に就任した。このとき清盛は五十歳。平治の乱からわずか八年後のことであった。

清盛だけでなく、一族もみな出世した。なかでも世間を騒がせたのは、清盛の嫡男重《ちゃくなんしげ》盛《もり》が内大臣・左大将に、三男宗盛《むねもり》が中納言・右大将になったことである。藤原摂関家以外の兄弟が左右の大将に並んだ例は、これがはじめてであった。

ほかにも四男知盛《とももり》は三位中将に、嫡孫維盛《これもり》は四位中将になるなど、三十人足らずの公《く》卿《ぎょう》（公家の最高幹部）のうち十六人を平家が独占した。また省庁の幹部、地方長官になった一門も多数おり、政界はほとんど平家の独占状態となる。

さらに清盛の八人の娘たちも、それぞれ摂関家や名門の有力貴族に嫁ぎ、一門の繁栄を支えた。八人娘のひとり、徳子《とくこ》(建礼門院《けんれいもんいん》)は後白河上皇の皇子である高倉《たかくら》天皇の后《きさき》となって安徳《あんとく》天皇を生んでいるが、この、娘を天皇に嫁《とつ》がせて皇子を生ませ、その子を次の天皇

❖異例の昇進を遂げた清盛

平治の乱に勝利してからの
清盛の出世には目を
見張るものがあった
参議検非違使別当
（検察長官）
中納言から大納言
丞相（大臣）
そして従一位太政大臣にまで
のぼりつめたのである

名場面を読む！

［原文］
吾身の栄花を極むるのみならず、一門共に繁《はん》昌《じょう》して…世には又人なくぞ見えられける。

［現代語訳］
清盛ひとりが栄達を極めたばかりでなく、平家一門がみな繁栄して…官界には平家をのぞいて人がいないような有様だった。

にするというやり方は、かつての藤原摂関家の手法と同じであった。

こうして平家は次第に権勢を拡大していき、その栄華は一一八〇（治承四）年頃に全盛期を迎えた。全国六十六ヶ国中、平家が支配する知行国《ちぎょうこく》は約半数に及び、平家の館《やかた》の前には豪華に着飾った人々がいつも群がっていたといわれている。

◉密偵を用いた恐怖政治

その後、清盛は病《やまい》におかされ、五十一歳で出家《しゅっけ》することになったが、権勢が衰えることはなかった。清盛の妻時子《ときこ》の兄に当たる平時忠《ときただ》が、「平家一門でない者は人ではない」と言い放ったのも、この頃のことである。

そして平家に反感を抱く人が出てくると、清盛は十四～十六歳くらいの少年三百人を選抜し、赤い着物におかっぱ頭という格好をさせて京の街に放った。これは「禿髪《かむろ》」と呼ばれる密偵で、平家の悪口を言う者があれば、禿髪たちが徒党《ととう》を組んで家に押し入り、家を壊して逮捕・連行した。人々は禿髪を恐れ、その姿を見ただけで震え上がるほどであった。

清盛は恐怖政治を敷くことで、平家への不満の声を徹底的に封じ込めたのだ。

栄枯盛衰《えいこせいすい》が世のならいというが、権力者たちが滅びた原因の多くは傲慢《ごうまん》さにあった。すなわち密偵を用いるような清盛のやり方は、平家の滅びの序曲といえるものであった。

❖平家の知行国の変遷

1167年

清盛が従一位太政大臣になる

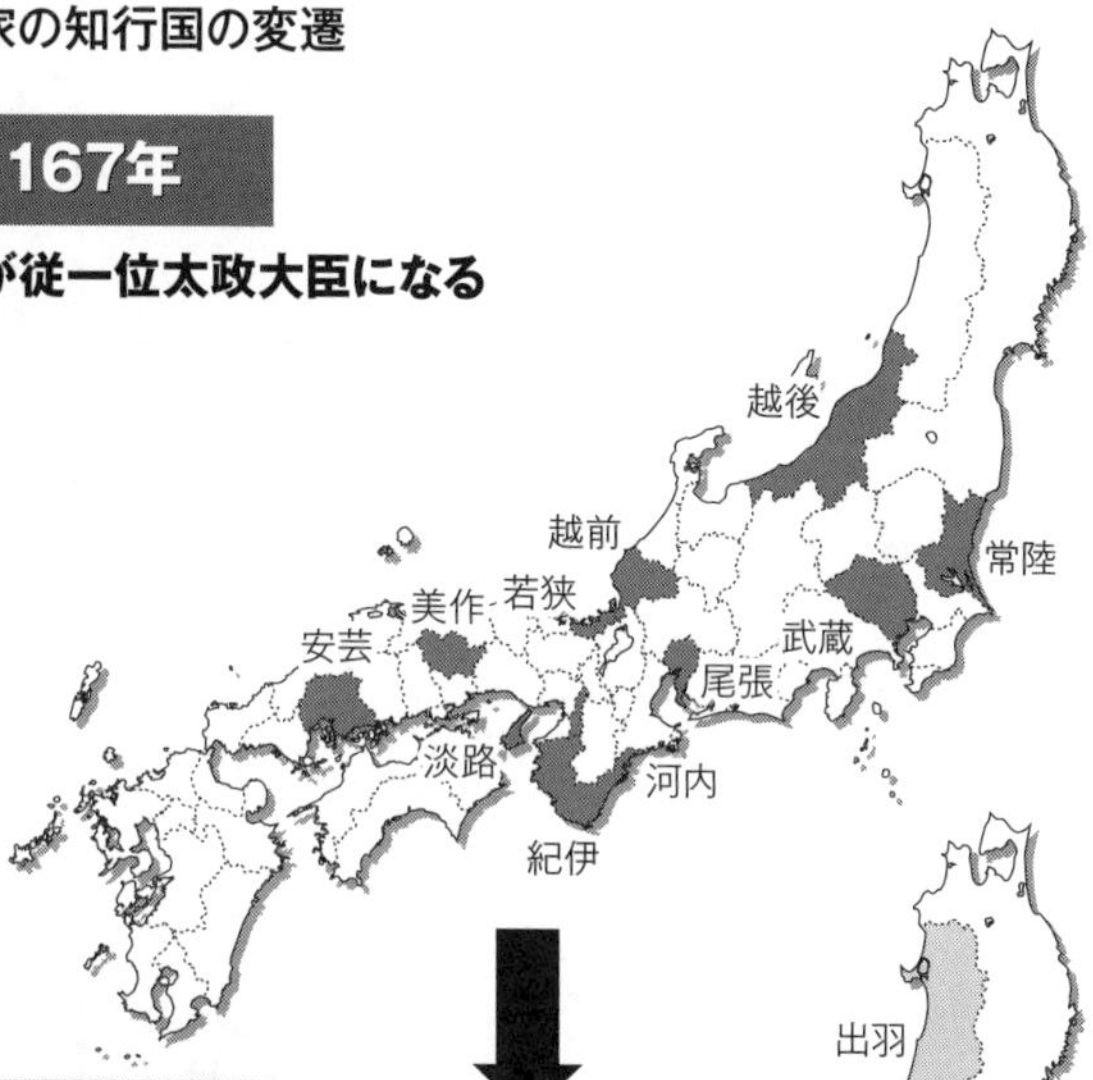
越後
越前
常陸
美作
若狭
武蔵
安芸
尾張
淡路
河内
紀伊

1180年頃

平家が全盛期を迎える

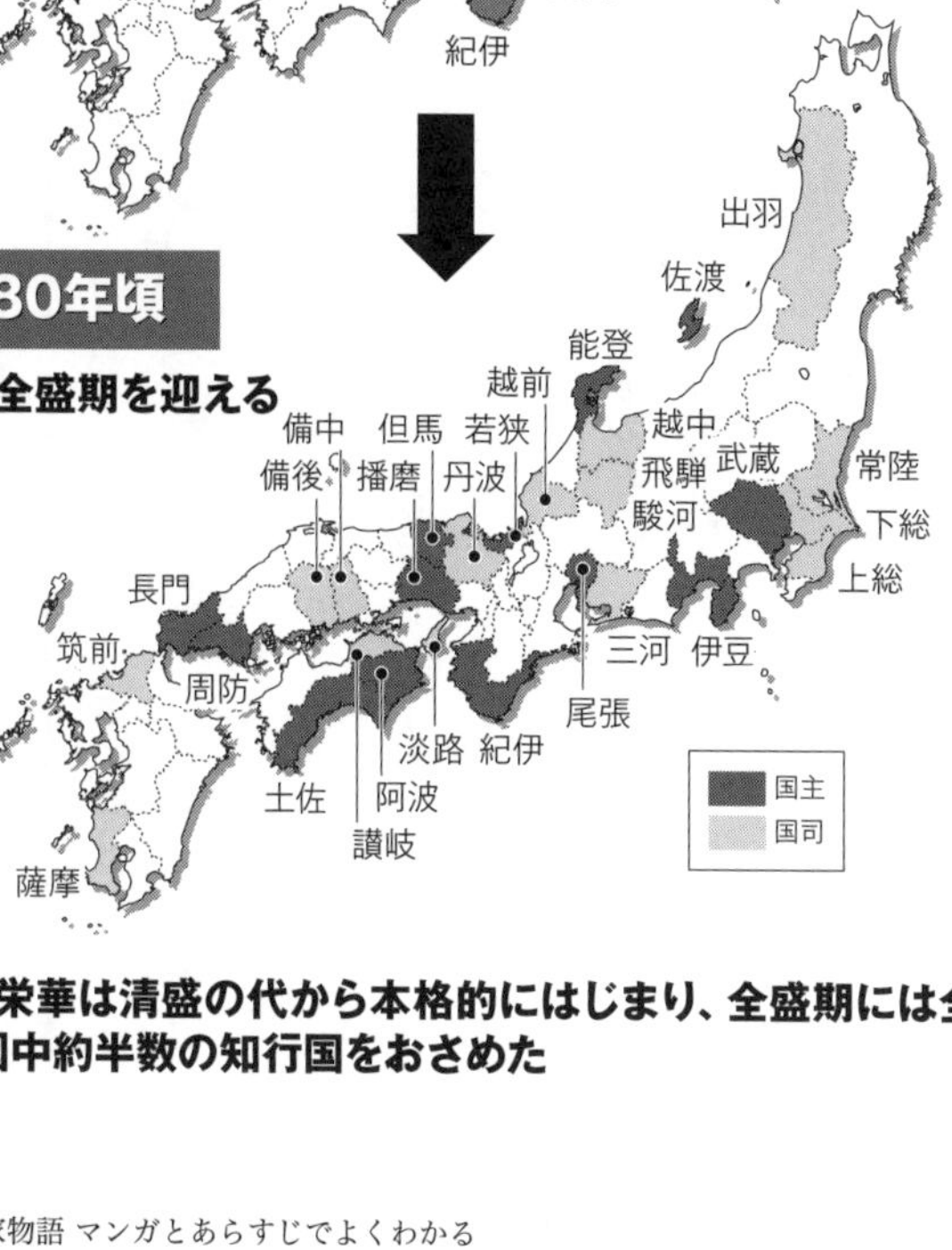
出羽
佐渡
能登
越前
備中
但馬
若狭
越中
武蔵
常陸
備後
播磨
丹波
飛騨
駿河
下総
長門
上総
筑前
三河
伊豆
周防
尾張
淡路
紀伊
国主
国司
土佐
阿波
讃岐
薩摩

平家の栄華は清盛の代から本格的にはじまり、全盛期には全国66ヶ国中約半数の知行国をおさめた

巻第一

祇王と仏御前

清盛の横暴な振る舞いがもたらした祇王の不幸

続いて物語は、清盛の横暴な振る舞いを、ふたりの女性をめぐる逸話で紹介している。清盛の愛人のひとりに、祇王《ぎおう》という名の白拍子《しらびょうし》（男装の舞姫）がいた。彼女は清盛から愛され、母親や妹とともに豪勢な生活を送っていた。しかし、祇王の幸福はそう長くは続かなかった。都に仏御前《ほとけごぜん》と呼ばれる十六歳の新人白拍子が現れたからである。

仏御前は権力者である清盛に認められたい一心で清盛の屋敷に押しかけ、「自分の舞を披露したい」と申し出る。清盛はけんもほろろに追い返したが、祇王のとりなしで彼女の舞と歌謡を見てみることにした。すると、思いもよらず心を奪われてしまう。

この清盛の移り気によって不幸をこうむったのが祇王だ。祇王は清盛のもとから追放されることとなり、障子《しょうじ》に「もえ出るも枯るるも同じ野辺の草　いづれか秋にあはではつべき（私も仏御前も、清盛に飽きられて捨てられてしまう運命にある）」という歌を書きつけて屋敷をあとにする。

その後、祇王は母親と妹とともにひっそりと暮らしていていたが、ふたたび清盛に苦しめられることになる。なんと清盛は、退屈しがちな仏御前を慰めるために屋敷へ出向くよ

『平家物語』小話

今も残る清盛と祇王の愛のあかし

祇王は清盛の心変わりによって人生を変えられてしまった。しかし、彼女は清盛から得た愛のあかしを、今なお故郷に残している。それは、滋賀県野洲《やす》を流れる祇王井川《ぎおういがわ》だ。

清盛の寵愛《ちょうあい》を受けていた頃、祇王は彼から「何か望みのものはないか」と聞かれた。そのとき祇王の脳裏には、水不足で苦しんでいる故郷の人々がよぎった。そこで清盛に水利工事してほしいと願い出ると、望みどおり野洲川から３里の人工河川「祇王井川」が５年がかりで引かれ、水不足は解消された。

祇王と清盛の愛は３年で終わってしまったのだが、祇王井川は工事から８００年以上経過した今も存在し続け、野洲の人々に潤いをもたらしている。

うに、と命令してきたのだ。

当初、祇王は清盛の命令を無視していたが、清盛は権力にものをいわせて迫った。母親に説得されたこともあり、祇王はしぶしぶ清盛の屋敷に出向いた。しかし、屋敷でもはるか下座に席を与えられるなどさらなる屈辱を受ける。

この仕打ちに絶望した祇王は、ついには死をも考える。しかし、それはあまりに親不孝だと母親に押し止められ、二十一歳の若さで出家。母親と妹もともに出家して嵯峨野《さがの》の山里に隠棲《いんせい》した。

◉祇王と仏御前の和解

やがて秋の夕暮れに、祇王の庵《いおり》の戸を叩く者があった。祇王が出てみると、なんと仏御前が立っていた。

そして涙ながらに、「私は祇王御前のおとりなしで参上しましたのに、結局はあなたを追い出すことになってしまい、心苦しく思っておりました。あなたが障子に書きつけた歌を見るにつけ、いつかは私もあなたと同じ運命をたどるだろうと思われて、嬉しいとは思いませんでした。それどころか、風の便りにあなたが仏の道に入られたと聞いてうらやましく思い、常々お暇《いとま》を願っておりましたが、入道殿（清盛）は許してくれませんでした。ですが、現世での栄華は夢のなかで見る夢のようなもの。一時の楽しみにいい気になって死後の世界を省みないことがつくづく嫌になり、今日、出奔《しゅっぽん》してきました」と、祇王を傷つけたことを詫《わ》び、かぶっていた衣をさらりと払いのけた。

そのとき、祇王は思わずあっと声を上げた。なぜなら仏御前は尼になっていたからだ。

仏御前の真意を知った祇王は、涙を抑えながら、「あなたがそれほどまでに思っているとは夢にも知りませんでした。私は隠棲してからもあなたのことを恨めしくてなりませんでしたが、こうしてあなたが姿を変えて来られたのを見て日頃の恨みはすっかり消え去りました。さあ、一緒に往生《おうじょう》を願いましょう」と答えた。

結局、仏御前は祇王とその母親・妹とともに暮らすことになった。そして念仏三昧《ねんぶつざんまい》の日々を送り、最後は四人とも往生を遂げた。

❖清盛に捨てられる祇王

名場面を読む！

［原文］
祇王廿《にじゅう》一《いち》にて尼になり、嵯《さ》峨《が》の奥なる山里に、柴の庵《いおり》をひきむすび、念仏してこそゐたりけれ。

［現代語訳］
二十一歳の祇王は、嵯峨の奥の山奥に粗末な庵を結んで念仏三昧の生活を送ることになった。

巻第一

額打論

政情不安と寺院の対立に直面し不安に陥る京の人々

鳥羽上皇が他界した後、京では保元・平治の乱と戦乱が相次ぎ、不安定な政情が続いていた。そうしたなか、次に顕在化したのが、後白河上皇とその第一皇子二条天皇の確執であった。天皇が院政を続ける上皇に不満を持ち、自らの手で政治を行おうとしたことが対立の原因である。

当初は清盛がふたりの仲介役をつとめ、大きな争いになるのを防いでいたが、あるとき二条天皇が大胆な行動に打って出る。

それまでの天皇家では、二代の天皇の后になった例はなかった。それにもかかわらず、二条天皇は故近衛《このえ》天皇の后を自分の后にしたいと言い出したのだ。後白河上皇や周囲の人々は大反対した。后自身も拒んだものの、天皇は自分の意のままにならないことはないと押し切ってしまう。

このようなわがままな振る舞いをしたせいか、二条天皇は数年後の一一六五（永万《えいまん》元）年に病に陥り、わずか二歳の第二皇子六条《ろくじょう》天皇に譲位して亡くなった。世間はあまりに幼い天皇にとまどい、不安を隠せなかった。そしてその不安は的中した。

❖興福寺への報復をもくろむ延暦寺の僧たち

興福寺の悪僧たちはわが寺の額をたたき割りおった！このまま黙ってはおれぬ！
火をつけろ！末寺の清水寺を炎上させてしまえ

名場面を読む！

［原文］
山門の大衆《だいしゅ》、六波《ろくは》羅《ら》へはよせずして、すぞろなる清水寺におしよせて、仏《ぶっ》閣《かく》僧《そう》坊《ぼう》一《いち》宇《う》ものこさず、焼きはらふ。

［現代語訳］
山門（延暦寺）の僧たちは（清盛のいる）六波羅には押し寄せることなく、かかわりのない清水寺に押しかけて、仏殿や僧坊をひとつ残さず焼き払ってしまった。

天皇の遺体を墓所へ移す際には、京都と奈良（南都）の僧がお伴をして、陵墓の周囲にそれぞれ自分の寺の額をかけるという作法があり、額かけの順序は奈良の東大寺、興福寺、京都の延暦寺……と厳密に決まっている。

同年七月の二条天皇の葬儀でも額かけが行なわれたが、その場で延暦寺が先例を破り、興福寺を飛ばして先に額をかけた。怒った興福寺の僧観音房《かんのんぼう》と勢至房《せいしぼう》が延暦寺《えんりゃくじ》の額をめちゃくちゃに叩き割ると、今度は延暦寺の僧が報復を目的に大挙して入京、興福寺の末寺《まつじ》である清水寺《きよみずでら》を焼き払ったのである。京の人々は、内裏まで襲われるのではないかと打ち震え、後白河上皇も慌てて六波羅《ろくはら》の清盛の屋敷に避難した。

◉清盛と後白河上皇の対立

こうして政情だけにとどまらず、有力寺院の関係も悪化し、世相はますます混沌としていく。そうしたなか、京でとんでもない噂が飛び交う。後白河上皇が延暦寺に対して、平家追討を命じたというのだ。噂を聞いた清盛は不機嫌になり、清盛邸から御所へ戻る上皇のお伴を拒否したほどであった。

そして上皇が帰った後、嫡男重盛に対し、「かねてから平家一門に思うところがあるからこそ、このような噂が立つのであろう。そなたも心を許すな」と忠告した。これ以降、

『平家物語』小話

『方丈記《ほうじょうき》』に記された京都の「五大災害」

『平家物語』が書かれた当時、京都は政情不安に陥っていた。それに加え、さまざまな災害が発生したため、人々は「おごる平家に対する天罰なのではないか」と噂し合ったとされる。

鴨長明《かものちょうめい》は『方丈記』のなかに京で起こった「五大災害」を記している。ひとつ目はの安元の大火。都の3分の1が灰燼《かいじん》と帰した。ふたつ目は治承《じしょう》4年の旋風。これは竜巻のことで、家屋は倒壊し門などが吹き飛んだ。三つ目は清盛による福原遷都。突然の宣言に、都は大混乱に陥った。その翌年に起きたのが四つ目の養和《ようわ》の大飢饉《だいききん》で、都は多くの餓死者で溢れた。そして最後、五つ目は文治元年の大地震。山は崩れ、津波が襲い、余震が数ヶ月続いたといわれている。

清盛は上皇への疑いを強めていく。

いっぽう、噂について上皇は、側近たちの前で「まったく思ってもみないことなのに不思議だ」と語ったが、辣腕家の西光法師《さいこうほうし》は「平家が身分不相応に振る舞っていることに対する警告でしょう」とうそぶいた。これを聞いたほかの側近たちは、「いつ平家に漏れるかもしれぬ。恐ろしい」と言い合った。

とはいえ、清盛と上皇の関係は破綻にまでは至っていなかった。その後まもなく六条天皇は退位し、上皇の第三皇子が高倉《たかくら》天皇として即位する。高倉天皇の母建春門院滋子《けんしゅんもんいんしげこ》は清盛の妻時子《ときこ》の妹だから平家は天皇の外戚となり、絶大な権力を手にすることとなった。

巻第一

殿下乗合

「悪行のはじまり」と記された摂関家への狼藉事件

並ぶ者なき権力を手にした平家一門であったが、世間は次第に一門に対して反感を強めていく。その大きなきっかけとなったのが、物語が次に取り上げる殿下乗合《てんがののりあい》事件である。

一一七〇（嘉応《かおう》二）年、清盛の嫡男重盛の次男で十三歳の資盛《すけもり》は、家来たちを連れて鷹《たか》狩《がり》に出かけた。その帰り道、宮中に向かう摂政《せっしょう》藤原基房《もとふさ》一行と出くわす。

摂政とは天皇の代理であるから、道で出会えば身分の低い者が馬から下りて礼をするのが礼儀とされる。ところが、平家の威光《いこう》をかさに着た若侍たちは、相手が摂政であることをわきまえず、下馬するどころか、そのまま駆け抜けていこうとした。

資盛の非礼を、基房一行は見逃さなかった。資盛らを馬から引き摺り下ろし、さんざんな目に合わせたのだ。資盛はほうほうの体《てい》で六波羅《ろくはら》の屋敷に逃げ帰るのがやっとであった。

資盛が事の経緯を清盛に話すと、清盛は激怒した。清盛にとって資盛はかわいい孫。その孫が辱《はずかし》められたとあって、「わしの身内の者には慎むべきなのに。まして幼い者をこのような目に合わすとは許さん！」と怒り狂った。

いっぽう、資盛の実父である重盛は、感情をあらわにしなかった。「私の息子ともあろ

❖摂政の行列を襲う平家の武士たち

資盛の恥辱を知った
清盛は
武士たちに
報復を命じた
摂政の護衛たちは
たちまち……
もとどりを
切り落とされた

名場面を読む!

［原文］
…摂政関白のかかる御目《おんめ》にあはせ給《たま》ふ事、いまだ承《うけたまわ》り及ばず。これこそ平家の悪行《あくぎょう》のはじめなれ。

［現代語訳］
摂政や関白がこのような目にあった例は聞いたことがない。これが平家の悪行のはじまりである。

う者が、摂政と行き会って礼儀をわきまえていなかった。それがいけない。こちらから摂政に無礼を詫びなければなりません」と清盛を諌《いさ》めたのである。

◉清盛と重盛、対照的なその姿

しかし、清盛の怒りがおさまることはなく、重盛には何も告げずに復讐に出た。武装した六波羅の武士三百余騎に命じて、参内《さんだい》しようとしていた基房一行を襲わせたのだ。多勢に無勢で、基房一行に勝ち目はなかった。六波羅の武士たちは、基房の家来を馬から下ろし、「お前の主人のもとどりだと思え」と言って、もとどりを切った挙句、基房の乗り物のすだれを引きちぎるという暴挙に出た。

もとどりとは髪を頭頂に束ねた成年男子の髪型で、当時の人々はこれを他人に見られることを最大の恥辱《ちじょく》としていた。そのもとどりを、清盛の武士たちは切り取ったのである。

その後、武士たちが意気揚々《いきようよう》と六波羅に帰還すると、清盛は「よくやった」とたいそう褒めて溜飲《りゅういん》を下げた。摂政に乱暴狼藉《らんぼうろうぜき》を働くなど、いまだかつてなかった。そのため殿下乗合事件は、おごり高ぶった平家の悪行《あくぎょう》のはじまりとして物語に記されることとなった。

いっぽう、重盛は清盛の復讐を知って深く反省し、事件に加わった者を叱責《しっせき》したうえ、資盛を伊勢に追放した。宮中はその応対を褒め称え、重盛の株は一段と上がった。

平清盛の実相

摂政への報復を命じたのは清盛ではなく、重盛!?

『平家物語』で描かれる殿下乗合事件は、史実と異なる点がいくつかある。たとえば、物語では最初の事件を１０月３日の出来事と記しているが、実際は７月３日であった。

資盛の年齢や乗物も史実と異なっているし、最初に非があったのは、資盛ではなく摂政側ともいわれている。

そして最も大きな相違点は、摂政への報復を命じたのが清盛となっていることだ。実は、これは真っ赤な嘘である。報復を命じたのは清盛ではなく、重盛であったのである。

『玉葉《ぎょくよう》』や『愚管抄《ぐかんしょう》』などの史料によると、実際の事件の概要は次のようなものであった。

資盛が乗った牛車《ぎっしゃ》に、そうとは知らない摂政の家来が恥辱を与えた。その後、資盛だと知った摂政側はすぐ重盛に謝罪をした。しかし重盛はそれを受け入れずに根に持ち、３ケ月以上もたってから摂政側に復讐を果たしたという。

このとき清盛は『玉葉』などから福原（神戸市）に滞在していたことがわかっており、事件とは無関係だった可能性が高い。

また『愚管抄』の作者慈円《じえん》が、「重盛は立派な人物なのに、この一件だけは不思議なことだ」と記していることからも、史実では重盛が報復を命じていたと考えられる。

ではなぜ、『平家物語』での重盛は、清盛を諫《いさ》める立場として描かれているのか。このように史実を変えたのは、悪逆非《あくぎゃくひ》道《どう》の清盛像と理想的な重盛像を対照的に描くことにより、清盛の悪人ぶりをより強調するためであったと見られる。物語には虚構も含まれているのである。

巻第二

鹿ヶ谷事件

静かな山荘で企てられた平家打倒の秘密計画

殿下乗合事件をきっかけに表面化した平家への反感は、やがて平家打倒計画へとつながっていく。最初の反平家運動として物語が挙げるのは、鹿ヶ谷《ししがたに》事件である。

清盛の娘徳子が高倉天皇の后となった一一七一（嘉応三）年初頭、左大将が欠員となった。何人かの後任候補が挙がるなか、ポスト獲得に尋常ならざる執念《しゅうねん》を見せたのが、後白河法皇（後白河上皇は一一六九年に出家して法皇となっていた）の側近の新大納言藤原成親《なりちか》であった。

成親は石清水八幡宮《いわしみずはちまんぐう》に祈祷《きとう》までして大将の位を望んだ。しかし、朝廷の人事権は平家に握られており、左大将には右大将の平重盛が昇格し、右大将には平宗盛が就任した。

重盛は清盛の嫡子、宗盛は三男である。清盛一族の勢いを見せつけられた成親は、平家への不満をますます募らせた。そしてついに平家打倒を決意する。

そもそも成親の妹は重盛の夫人で、彼の娘は重盛の長男維盛《これもり》の夫人であった。そうした縁で、成親は大納言まで出世でき、平治の乱で処罰されかけたときにも命を助けてもらえた。それにもかかわらず、成親は反平家運動を主導する立場に立ったのだ。

❖山荘での秘密会議

今や平家の公卿は十六人
殿上人は三十余人
諸国の官職者を合わせると
六十余…
その受領は日本の
半分に及びます
法皇さま
そろそろ平家討伐の
行動を起こす時で
ございます
西光法師
本気か…

名場面を読む！

［原文］
俊《しゅん》寛《かん》僧《そう》都《ず》の山荘あり。かれにつねは寄り合ひ、平家滅ぼさむずる謀《はかりごと》をぞ廻《めぐ》らしける。

［現代語訳］
（反平家の一味が）俊寛僧都の山荘にいつも集まり、平家を滅ぼそうという陰謀を計画していた。

成親は同じような不満を持つ法皇側近の西光法師、俊寛僧都《しゅんかんそうず》、平康頼《やすより》らに声をかけ、しばしば俊寛の所有する鹿谷山荘に集まった。ときには法皇も加わって酒宴を催し、平家の悪口を言い合った。

◉朝廷と比叡山の宗教戦争

成親は多田蔵人行綱《ただのくろうどゆきつな》などの武士を仲間に引き入れ、着々と準備を進めていった。ところが、朝廷と比叡山のあいだで衝突が起こり、計画を中断せざるを得なくなる。

一一七六（安元二）年、西光法師の息子、藤原師高《もろたか》と師経《もろつね》が比叡山系の白山《はくさん》の末寺、鵜《う》川寺《がわでら》で乱暴を働いた。これに怒った本山の比叡山が師高・師経兄弟の処罰を求め、京に神《しん》輿《よ》を掲げて乱入してきたのだ。

このように、僧や僧兵が神輿・神木などの神威をかざして朝廷や摂関家へ押しかけ、要求を通そうとする寺社のやり方を「強訴《ごうそ》」という。神には誰も弓矢を向けることはできず、どんなに身分の高い人でも階をおりて地に伏し拝まなければならない。そのため、時の権力者はいつの時代も強訴に手を焼き、寺社の要求を聞き入れることも多かった。

結局、朝廷は比叡山の要求に屈して兄弟を処罰した。しかし、比叡山の怒りはおさまらず、何者かが京の街に火を放った。これにより、貴族の邸宅はいうに及ばず、皇居まで焼

『平家物語』小話

西光法師の息子が引き起こした鵜川寺事件

本編で紹介したとおり、朝廷と比叡山の衝突は鵜川寺事件が発端となった。では、西光法師の息子である師高・師経兄弟は鵜川寺でどのような乱暴をしでかしたのか。

鵜川寺は古来霊峰として信仰されてきた白山の末寺で、兄弟の任地である加賀（石川県）にある。ある日、兄弟はこの寺を訪れ、僧たちが湯浴みをしている風呂に乱入した。そして僧たちを追い払い、従者に馬を洗わせたりした。これに僧たちが怒り、揉み合いのなかで師経の馬の足が折られると、今度は兄弟が逆切れ。寺の堂舎をすべて焼き払ってしまったのである。

鵜川寺はこれを白山に訴えると、白山は比叡山に訴え、強訴の運びとなったのであった。

け落ちてしまった。

朝廷と比叡山の争いは、その後も続いた。後白河法皇が比叡山の最高責任者明雲大僧正《めいうんだいそうじょう》に対し、強訴事件の責任を取らせる形で伊豆《いず》（静岡県）への流罪を申し渡したところ、怒った比叡山の僧たちがいっせいに山をおり、明雲を奪い返すという事態にまで発展したのである。

物語には記されていないが、後白河法皇が明雲を追及したのは、明雲と清盛の仲を裂くためであったといわれている。つまり、この一件は、比叡山に対する平家の影響力を弱めるという政治的な目的のために実行された可能性があるのだ。反平家運動はこうして徐々に熱を帯びていった。

巻第二

陰謀発覚

謀叛計画の全貌が明らかになり怒りを爆発させる清盛

朝廷と比叡山の争いで中断していた平家打倒計画が、ここでふたたび動きはじめる。

首謀者である藤原成親は、少しずつ挙兵の準備を進め、来るべきときを見計らっていた。ところが一一七七（安元《あんげん》三）年五月、武力を買われて参加していた多田蔵人行綱が、計画成功の見込みはないと悟り、清盛に一部始終を密告してしまう。

当然、清盛は激怒した。ただちに軍勢を整え、成親、西光法師らを捕らえた。

清盛邸に引き出された西光法師は、清盛の尋問に堂々と答え、逆に清盛を「成り上がり者」などと罵倒《ばとう》して見せた。すると清盛の怒りは頂点に達し、激しい拷問《ごうもん》を行なったすえ、口を裂いて斬首したのである。

いっぽう、当初はしらを切っていた成親も、西光法師の白状《はくじょう》を見せつけられてどうにもならなくなった。清盛は「お前は本来、平治の乱のときに死罪になるはずであったのを、重盛によって助命された。それなのに、何の遺恨があって平家一門を滅ぼそうとするのか」と責め立てた。

そこへ重盛が駆けつけてくる。いくら謀叛人といえども、重盛にとって成親は義兄である。それだけに、助けてやりたいとの温情がはたらいたのだ。

重盛はおろおろして命乞いをする成親を慰め、命を助けると約束する。そして清盛に対して「成親を助けるのは、彼との私的な縁戚関係からではなく、世のため家のためです。厳しい刑をもってのぞめば、その悪業の報《むく》いが子孫にまでおよび、平家が滅びる原因になります」と切々と説いた。

この説得により、清盛は死罪の処分を思いとどめた。一命をとりとめた成親は流罪とされ、成親の嫡子成経《なりつね》は舅《しゅうと》の教盛《のりもり》（清盛の弟）に身柄を預けられた。

◉重盛による清盛への大説教

しかし、清盛の怒りがおさまったわけではなく、すぐさま次の行動に打って出た。後白河法皇こそが事件の首謀者だと見抜いていた清盛は、法皇を軟禁しようとしたのだ。

清盛にしてみれば、保元・平治の乱以来、自分は常に法皇を助けてきたという自負がある。そのため裏切られたことに対する腹立ちは頂点に達しており、許すことなどとうていできなかった。

これを知った重盛は、またもや清盛邸に駆けつけ、清盛に大説教をぶちまける。

重盛は、「日本は神国です。神の子孫である法皇が平家打倒を企てたのは、神が平家に反省を求めた警告なのです。そもそも今回の事件が露見したのも、父上の命運が尽きていないからです。ですから法皇に忠義を尽くして、神のご加護を」と、発想を逆転させて理路整然と説き、「自分は法皇を守護するつもりです」と言葉を続けた。

重盛はさらに一計を案じる。帰宅後、一大事と称して軍勢を召集したのだ。すると清盛配下の武士までが重盛のもとに集まった。これは父を牽制するための策略であった。

息子が自分を攻めてくるかもしれないという状況を前にして、さしもの清盛も折れた。こうして法皇の軟禁は取りやめとなり、平家最悪の悪行、つまり法皇逮捕という事態は回避されたのである。

その後、成親は備前《びぜん》（岡山県）へ流された。しかし一ヶ月後、成親は崖から落ちて変死した。物語は、崖下に武器が並べて植え込まれていたと書いており、暗殺の可能性を示唆している。

いっぽう、俊寛、平康頼、成経は鬼界島《きかいがしま》（鹿児島県硫黄島《いおうじま》）へ流され、教盛から送られてくるわずかな物資で暮らした。康頼と成経は信心が篤《あつ》く、熊野権現《ごんげん》を勧請《かんじょう》して帰京を祈ったが、不信心の俊寛は従わなかった。これがのちの不幸につながる。

平家打倒運動のはじまりとなった鹿ヶ谷事件は、こうして未然に防がれた。しかし反平家の動きは止まることなく、ますます加速度を増していく。

❖事件関係者への処罰

西光は拷問の後
斬首された

藤原成親は
配流先で
崖から落ちて
変死した

名場面を読む！

［原文］

岸の二丈ばかりありける下に…つきおとし奉《たてまつ》れば、ひしにつらぬかて、うせ給ひぬ。

［現代語訳］

（成親は）二丈ほどもある崖の下に突き落とされ…鉄のさす又に身をさし貫かれて亡くなられたのである。

巻第三

不吉な前兆

皇子誕生の悦びと平家の未来にたれ込める暗雲

鹿ヶ谷事件発覚の翌一一七八（治承《じしょう》二）年、宮中は大きな悦びに包まれた。高倉天皇の后徳子が懐妊《かいにん》したのだ。徳子は清盛の娘であったから、清盛の喜びようも尋常《じんじょう》ではなかった。

ところが徳子は、月日が経つにつれて容態《ようだい》を悪くする。死霊《しりょう》や生霊《いきりょう》に苦しめられていたのである。まずは死霊を慰めてみたが効果がなかったため、生霊の仕業と考えられた。そこで重盛は、流刑地で亡くなった藤原成親の息子成経を都に戻すべきだ、と清盛に進言。清盛はこれを受け入れ、恩赦を行なうことにした。

恩赦の対象になったのは成経と康頼。俊寛は恩赦されなかった。そもそも俊寛は、清盛に世話になった恩がありながら、それを無為にして謀議《ぼうぎ》のために山荘を提供していた。清盛にしては飼い犬に手を噛まれたようなもので、決して赦《ゆる》すわけにはいかなかったのだ。

同年九月、使者が鬼界島に到着すると、俊寛は赦免状に自分の名前だけが記されていないことに絶望した。船出の際、俊寛は「せめて九州まで乗せてほしい」と半狂乱になって成経らを乗せた船に取りすがる。しかし、船は俊寛を引き離し、沖へと漕ぎ出していく。

❖安徳天皇の誕生

なにっ
徳子は
病気では
なかったのか
はい
ご懐妊だった
そうにございます
徳子が懐妊…
男子を産めば
次の天皇では
ないか
はい
平家はますます
繁栄いたします

名場面を読む！

［原文］
有験《うげん》の高僧貴僧に仰せて、大法秘法を修《しゅ》し、星 宿仏菩薩《しょうしゅくぶつぼさつ》につけて、皇子御誕生と祈誓せらる。

［現代語訳］
（平家の人々は）効験あらたかな高僧、貴僧に命じられて、大法・秘法を行ない、星を祭り、仏菩薩に願って、皇子誕生を祈られた。

最後に俊寛は、浜辺で地団駄《じだんだ》を踏みながら「連れて行け」とわめき叫んだものの、船は遠くなるばかりであった。結局、俊寛は泣きながら浜辺で一夜を過ごし、「迎えをよこす」という成経の言葉にいちるの望みを託すしかなかった。

◉平家の未来を暗示する凶兆

その頃、京は歓喜であふれていた。同年十一月十二日、徳子が後白河法皇、清盛ら多くの人々の祈りのなかで無事に皇子を出産したのだ。のちの安徳天皇の誕生である。

清盛は感極まって声を上げて泣いた。何せ、清盛は徳子が天皇家に嫁いだときからずっと平家の守護神である厳島神社《いつくしまじんじゃ》に皇子誕生を祈願しており、月ごとに参詣するほどの熱の入れようであった。それだけに、喜びもひとしおだったのである。

清盛と平家一門の未来は輝いて見えた。だが実は、このときすでに凶兆《きょうちょう》と思われるような暗示がいくつか起きていた。たとえば徳子のお産のとき、甑《こしき》を転がす儀式の作法を間違ったり、陰陽師《おんみょうじ》が醜態をさらすなどの変事が見られた。

また、清盛が安芸守をつとめていた頃、厳島の大明神《だいみょうじん》から託宣《たくせん》を受け栄華を約束されたことがあったが、いっぽうでは「悪行があれば、栄華は子孫まで及ばない」と戒められてもいた。そのことも凶兆と思われた。清盛はこれまでに多くの悪行をおかしてきたからである。

さらに今回のお産の恩赦で俊寛だけを赦免しなかったことも、悪行のひとつに加わった。実は島に取り残された俊寛は、悲惨な最期を遂げていた。

幼少期より俊寛に仕えていた有王《ありおう》という人物が、主人の安否を気遣って、鬼界島に渡ったところ、俊寛は餓鬼《がき》のような骨と皮だけの姿になっていた。そして有王から妻子が亡くなったことを知らされた俊寛は、生きる望みを失い、絶食して二十三日後に餓死した。

この一件が清盛の悪行として数えられることとなり、皇子誕生で訪れた悦びの日々のなかに、暗い影を落としたのである。

『平家物語』小話

『平家物語』に描かれなかった俊寛の最期

清盛の恩赦を受けられず、悲嘆に暮れながら配流先の島で餓死した——。『平家物語』では俊寛の最期についてこう記している。だが、清盛が俊寛だけ島に残るよう決定を下したという記録はないため、この死に様は虚構と見られている。

では、なぜ俊寛の最期がこうした形で描かれたのか。この謎には遊行僧《ゆぎょうそう》が関係している。

有王になりすまして俊寛の悲劇的な最期を伝えれば多額のお布施《ふせ》を得られる、と考えた悪どい遊行僧がおり、そのやり方が実際に成功した。そこでほかの遊行僧もまねしはじめ、俊寛の悲話はどんどん広まっていった。それを作者が物語にうまく取り込んだものと考えられるのである。

巻第三

重盛の死

一門の繁栄と引き換えに死を選んだ賢臣の最期

一一七九（治承三）年五月十二日、京の街を猛烈な旋風《せんぷう》が襲った。家屋は倒壊し、建材が空中へ吹き上げられ、多くの人々が亡くなった。あまりの被害の大きさに、神祇官《じんぎかん》や陰陽寮《おんみょうりょう》が占いを行なったところ、百日以内に天下に一大事が起こり、争乱が続くであろうというお告げが出た。

占いの結果を知った重盛は、平家一門の行くすえを案じて熊野に参詣する。そして本宮の社殿に向かい、「父清盛の悪心を和《やわ》らげてください、平家の栄華を子孫にまで手向けてください。さもなくば私の命を縮めてほしい」と祈った。

すると熊野権現が祈りを聞き届けたのか、重盛の体内から火のかたまりが飛び出して、見る者を驚かせた。

熊野から帰京してほどなく、重盛は病に倒れた。しかし重盛は、祈りが届いたものと信じ、治療も祈祷も受け付けない。

清盛は心配のあまり、ちょうど来朝していた宋《そう》の名医の診療を勧めたが、重盛は「これは神仏の思し召《おぼめ》しなので治らない」とか「大臣が外国の医者に見てもらうのは、日本に名

❖病に倒れた重盛

折角ではあるが宋の名医には代金を払って帰ってもらえ
は……??
外国の医術でないと病気が治せぬとあらばわが国の恥だ
元から治らぬ病ならどんな名医でも治せぬ人間の寿命は天が定めたものじゃ医者は帰せ
はっ

名場面を読む！

［原文］
たとひ重盛、命は亡ずといふとも、いかでか国の恥を思ふ心を存ぜざらん。此由を申せ

［現代語訳］
たとえ重盛は命を失うことになろうとも、どうして国の恥を考慮する心を持たないことがあろうか。このことを父入道（清盛）に申し上げよ

医がいないことを明らかにするので日本の恥になる」「政道の衰退である」などといって会おうとすらしなかった。

死を悟った重盛は出家し、念仏を一心に唱え、同年八月一日に亡くなった。四十三歳の若さであった。都では多くの人々が重盛の死を惜しみ、平家の運命に大きな不安を抱いた。

◉重盛の予知能力

ここから物語は、重盛の偉大さについて述べていく。

生前、重盛は不思議な能力を持っており、運命を予知することができた。ある日の夜、重盛は悪行を重ねた清盛が春日《かすが》明神《みょうじん》に討ち取られる夢を見て、平家の暗い運命に涙し、翌朝になると、嫡男維盛《これもり》に自分の葬儀用の無文の太刀《たち》を譲った。その後、重盛は熊野に詣でて覚悟の死を迎えた。維盛はそんな父の姿を見て、すべてを納得したのであった。

また、重盛は仏教への信心が篤く、宋《そう》の阿育王山《あいくおうざん》に金を寄進して自らの後世を弔《とむら》わせた。寄進を受けた宋の関係者は、今も弔いの祈願を続けているという。

このように、複数の追悼話《ついとうわ》によって重盛の賢臣ぶりが示される。それと同時に、物語は彼の早すぎる死が清盛の悪行をエスカレートさせ、平家の滅亡を決定づけたともほのめかしている。

平清盛の実相

清盛と重盛、その複雑な父子関係

かたや悪行を続ける父、かたや聖人君主的な息子。『平家物語』において、清盛と重盛はあまりに対照的に描かれている。殿下乗合事件では摂政への報復を計画する清盛を重盛が諫め、鹿ヶ谷事件が発覚したときには法皇を幽閉すべきと主張する清盛を、またもや重盛が説得した。

こうした描写は、作者によって誇張されている可能性が高いが、清盛は何かと自分に絡んでくる息子のことをそれほど憎んでいなかったようだ。その証拠に、清盛は病床に伏した重盛のもとに宋の名医を送っている。また重盛の死後、彼の領地が法皇に没収されると、清盛は怒りに燃えて挙兵した。

どれだけそりが合わなかったとしても、清盛と重盛は実の父子。見かけよりも絆は深かったのである。

父上
それは間違って
おります
非は
こちらに
あります

重盛は絶対的権力者である清盛に意見できる数少ない人物だった

巻第三

治承三年の政変

法皇への怒りから勃発した清盛のクーデター

一一七九（治承三）年十一月七日、またもや京で天災が発生する。今度は大地震が起こり、占いでは大事変の予兆と出た。

その七日後、重盛を失った悲しみから本拠地福原《ふくはら》（兵庫県神戸市）に籠《こも》っていた清盛が、数千騎を率いて上京したため、京ではクーデターの噂が流れた。これに不安を抱いた後白河法皇は、側近の静憲法印《じょうけんほういん》（信西の息子）を派遣して、清盛に事情を問いただした。すると清盛は静憲に向かって、法皇に対する不満と憤りを爆発させたのである。

清盛が述べた不満は次の四つであった。

一、法皇は重盛の四十九日《しじゅうくにち》が終わっていないうちに音楽の遊びをしたりして、その死を悲しんでいるように見えない。二、重盛のおさめていた越前《えちぜん》（福井県）の知行権を没収した。三、中納言の欠員補充として娘婿の藤原基通《もとみち》を推したにもかかわらず、法皇は関白藤原基房の息子師家《もろいえ》を任命した。四、平家打倒運動をめざした鹿ヶ谷の謀議に法皇が加担していた。

これを聞かされた静憲は、少しも怯えた様子を見せず、「確かにもっともな点もありま

❖後白河法皇に対する清盛の不満

一　音楽会の開催
重盛の四十九日が終わっていないうちに、
石清水神社に行幸し、音楽の遊びをした

二　所領没収
子々孫々まで保証すると約束されていた
重盛の所領を、彼の死後すぐに取り上げた

三　勝手な人事
清盛の推す人物ではなく、反平家の立場をとる関白藤原基房の息子を
中納言に任命した

四　鹿ヶ谷事件への加担
平家打倒をめざした鹿ヶ谷での謀議に加担していた

▼

清盛は平家一門の将来を案じ、後白河法皇の捕縛を決める

すが、法皇と鹿ヶ谷とは無関係です。噂に惑わされ、君臣の道をはずすべきではありません」と冷静に忠告してその場を去っていく。

しかし、清盛は静憲の言葉に納得しなかった。十一月十六日、清盛はかねてから考えていたとおり、クーデターを開始したのである。

◉ついに法皇までもが幽閉の憂き目に

清盛はまず、後白河法皇方につく四十三人の閣僚や高官を解任・追放した。藤原基房は九州へ左遷され、基房の家臣大江遠成・家成父子は自害に追いやられた。太政大臣藤原師長も尾張《おわり》（愛知県）に流されている。

こうした暴挙を目の当たりにした人々は、清盛は天魔《てんま》に取りつかれたのではないかと噂し合った。

世間の不安が増大するなか、清盛の暴挙はさらにエスカレートする。

同年十一月二十日、後白河法皇の御所を平家の軍勢が取り囲んだ。その様子はちょうど平治の乱の夜討ちを思わせるもので、法皇は清盛の三男宗盛に引き立てられるように鳥羽の離宮（鳥羽殿《とばどの》）に幽閉されてしまう。法皇は側近のひとりも連れて行くことができず、鳥羽殿では二、三の女官との侘《わび》しい生活を余儀《よぎ》なくされた。

これにより、清盛と法皇は完全に敵対した。清盛と法皇、かつて共闘したふたりは、もはや抜き差しならない関係に陥ったのである。

いっぽう、法皇の幽閉を知った高倉天皇は、父の処遇について食事が喉を通らないほど心配し、毎夜無事を祈願した。思いあまった挙句、「このようなときに天皇でいても仕方がない」と、法皇に手紙で譲位の意志を示したほどであった。

その後、清盛は政界を自分の人脈で固め終えると、政務を宗盛らにまかせて福原へと引き上げた。法皇は鳥羽殿で年を越すことになった。

こうして治承三年は幕を閉じる。そして歴史の大変革期となる治承四年を迎えることとなるのである。

❖後白河法皇に下された処分

後白河法皇は清盛によって
鳥羽殿に
幽閉され…

側近の帯同は
認められず
二、三の女官と
侘しい生活を送った

名場面を読む！

［原文］
あやしのしづのを、賤女《しづのめ》にいたるまで、「あはや法皇のながされさせましますぞや」とて泪《なみだ》をながし、袖をしぼらぬはなかりけり。

［現代語訳］
身分の低い民間の男女に至るまで「ああ、法皇が流されていくのだ」と涙を流し、袖を絞らない者はいなかった。

巻第四

安徳天皇の即位

幼帝を即位させ栄華を極めた平家一門

清盛の権勢は治承三年の政変の結果、また一歩絶頂に近づいた。そして一一八〇（治承四）年二月には、平家にとってのさらなる栄華が訪れる。高倉天皇が退位し、当時三歳の安徳天皇が即位したのだ。

高倉天皇はまだ二十歳と若く、病気を患《わずら》っていたわけでもない。それにもかかわらず譲位したのは、清盛に命じられたからであった。

安徳天皇は高倉天皇と清盛の娘徳子とのあいだに生まれた子、つまり清盛は天皇の外祖父であるから、彼の権勢はますます大きくなった。わずか三歳の天皇ということで世間から批判の声も出たが、平時忠《ときただ》（清盛の妻の兄、妻は天皇の乳母）による「幼帝の例は過去にも少なくない」という反論の前に、人々は口をつぐむしかなかった。

◉栄華の裏でうごめく不穏な影

やがて清盛は、夫妻揃って准三后《じゅさんごう》（后と同じ待遇を受ける位）の宣旨《せんじ》を受け、その邸宅は御所のように華やかに彩られた。世間では平家への不満が高まっていることにも気づかず、平家一門はわが世の春を謳歌《おうか》していた。

いっぽう、後白河法皇はいまだ幽閉されていた。同年三月、高倉上皇は平家一門の守護神厳島神社に参詣したが、これは清盛の心を少しでも和らげ、父である後白河法皇を助けたいという孝心にもとづく行為であった。

その思いが通じたのか、出立前には宗盛のはからいで法皇との面会が許される。父と子は、久々の対面に手を取り合って喜んだ。しかし、これは法皇、上皇の命運ですら平家の手に握られていることを意味した。

やがて上皇は厳島に向けて出発する。厳島では法会と舞楽を行ない、関係者の官位を昇進させた。それでも心は穏やかでなかったのだろう、帰路、清盛が用意していた宿所には入らず、福原に立ち寄って四月八日に帰京した。

四月二十二日には京の紫宸殿《ししんでん》で安徳天皇の即位式が行なわれた。本来、即位の儀式は大《だい》極殿《ごくでん》で行なうものだが、大極殿は大火で焼失して再建されていなかったため、緊急措置がとられたのであった。

このように平家にとってめでたいことが続くなか、平家打倒運動が激化のきざしを見せはじめる。鹿ヶ谷事件に続く第二の矢が放たれると、それを境に反平家の動きが活発になり、平家の運命は暗転していくのである。

❖貿易ルートと交易品

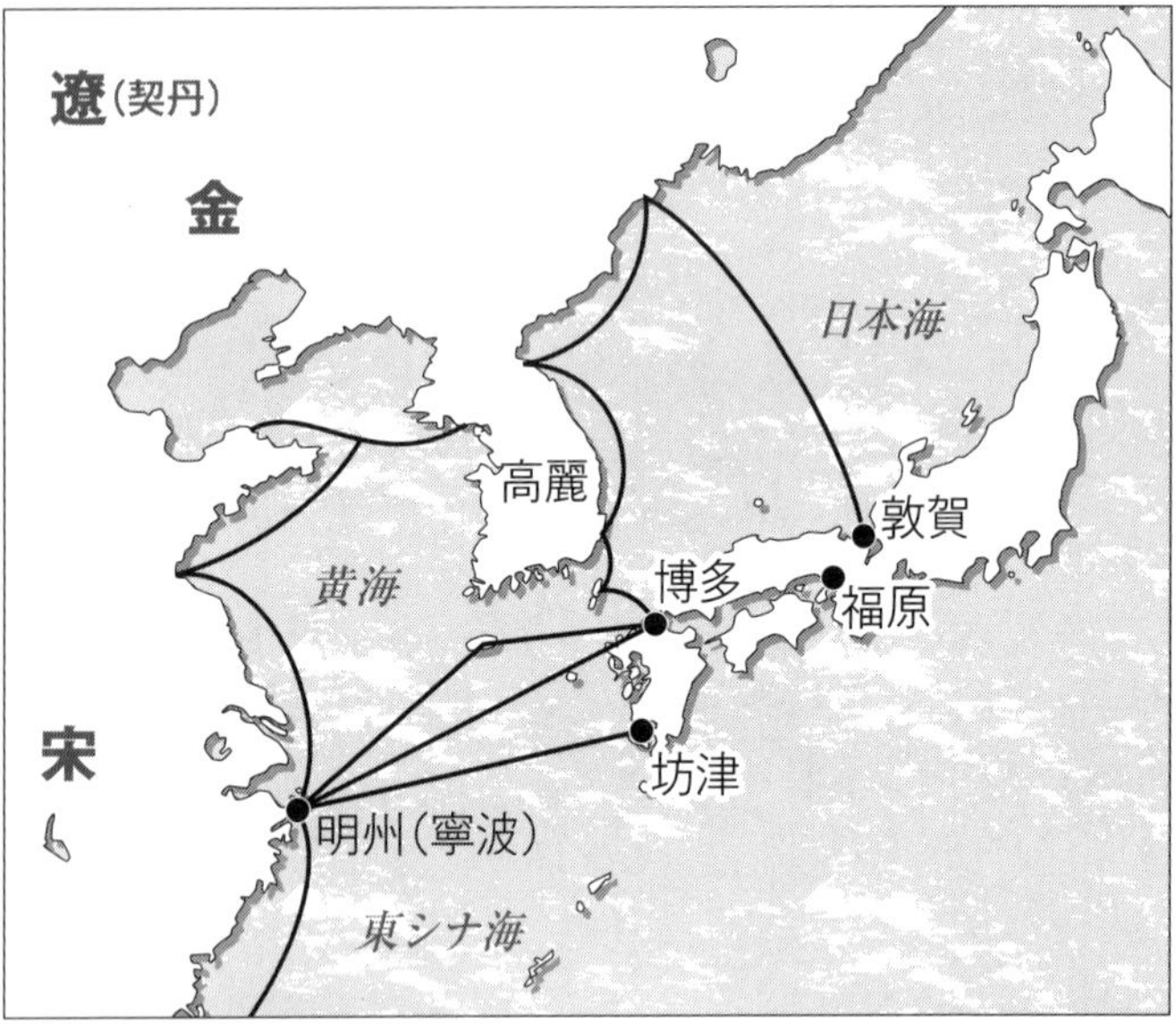
遼（契丹）
金
日本海
高麗
敦賀
黄海
博多
福原
宋
坊津
明州（寧波）
東シナ海

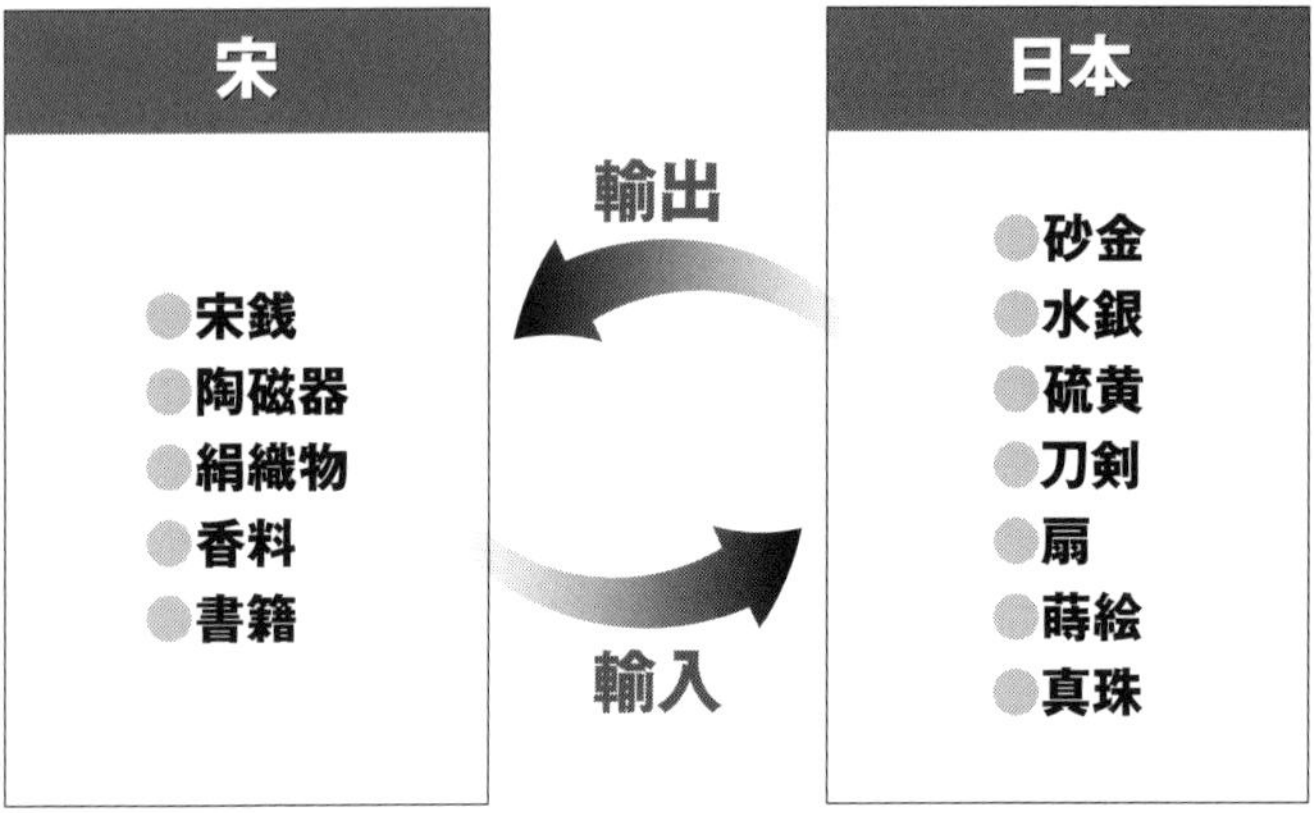
宋
●宋銭
●陶磁器
●絹織物
●香料
●書籍
輸出
輸入
日本
●砂金
●水銀
●硫黄
●刀剣
●扇
●蒔絵
●真珠

平清盛の実相

海洋国家を構想していた!? 日宋貿易に見る清盛の国際感覚

『平家物語』では重盛の優秀さばかりが強調され、清盛の才能はほとんど忘れられているが、清盛には評価されるべき業績がいくつもある。そのひとつが日宋貿易だ。

もとをたどれば、宋との貿易に着手したのは父忠盛であった。忠盛は瀬戸内海沿岸諸国の国司を歴任するなかで海上交易に関する知識を得て、大陸との取引を開始した。

それを受け継いだ清盛は、貿易を活発にするため、京に近い瀬戸内海の整備事業に尽力。大輪田泊《おおわだのとまり》（兵庫港）を開港し、その通り道となる音戸《おんど》の瀬戸（広島県）を開削する。このとき清盛は工事を急ぐあまり、沈む夕日を扇で招き戻し、その報いで熱病にかかったという伝説まで残されている。

さらに清盛は海運奨励のために厳島神社に敬意を払い、海に浮かぶ巨大な社殿を寄贈した。

こうした策が奏功し、多くの宋船が大輪田泊に入港するようになり、日宋貿易は拡大していった。

宋からは大量の宋銭《そうせん》や漢方薬の材料、陶磁器、香料、中国の百科全書を輸入するいっぽう、日本からは砂金、真珠、硫黄、漆などを輸出した。この日宋貿易が平氏のもとに多くの利益をもたらし、財政の基盤となった。

実は、当時の日本は宋との正式な国交を持っていなかった。そうした状況で貿易を発展させることができたのは、清盛の進んだ国際感覚によるところが大きい。近代以降の日本は貿易こそが日本が豊かになる道と信じて経済活動に励んだが、清盛はその道筋を、８００年以上前に見据えていたのである。

巻第四

以仁王の挙兵

即位の道を断たれた皇子が平家打倒に立ち上がる

鹿ケ谷事件に続く第二の平家打倒運動の旗手となったのは、以仁王《もちひとおう》であった。

以仁王は後白河法皇の第三皇子で天皇にふさわしい資質を備えていたが、故建春門院滋子（高倉上皇の母）に疎《うと》まれ、皇位継承の夢を果たせずにいた。また三十歳を迎える頃には、法皇が幽閉されたり、甥にあたる安徳天皇の即位で自らの皇位継承が絶望的になるなど、いくつもの不幸に見舞われていた。

そんな以仁王の前に、源氏の武将源頼政《よりまさ》が現れる。頼政は保元・平治の乱で清盛側について戦い、源氏としてはただひとり平氏政権下で生き延びた人物で、七十歳を超えてからも清盛の信頼を得ていた。

頼政は以仁王に謀叛《むほん》を促した。今こそ平家の横暴をあばき出し、平家を打倒すべきだというのである。さらに、その気になれば挙兵に応じる源氏の武将が諸国に何人もいると述べ、五十人近くの武将の名を挙げた。そのなかには、のちに活躍する木曾義仲《きそよしなか》や源頼朝《よりとも》などの名も含まれていた。

以仁王は、すぐに返事をしなかった。平家全盛の世にあって謀叛を起こすとなれば、あ

❖以仁王の系譜

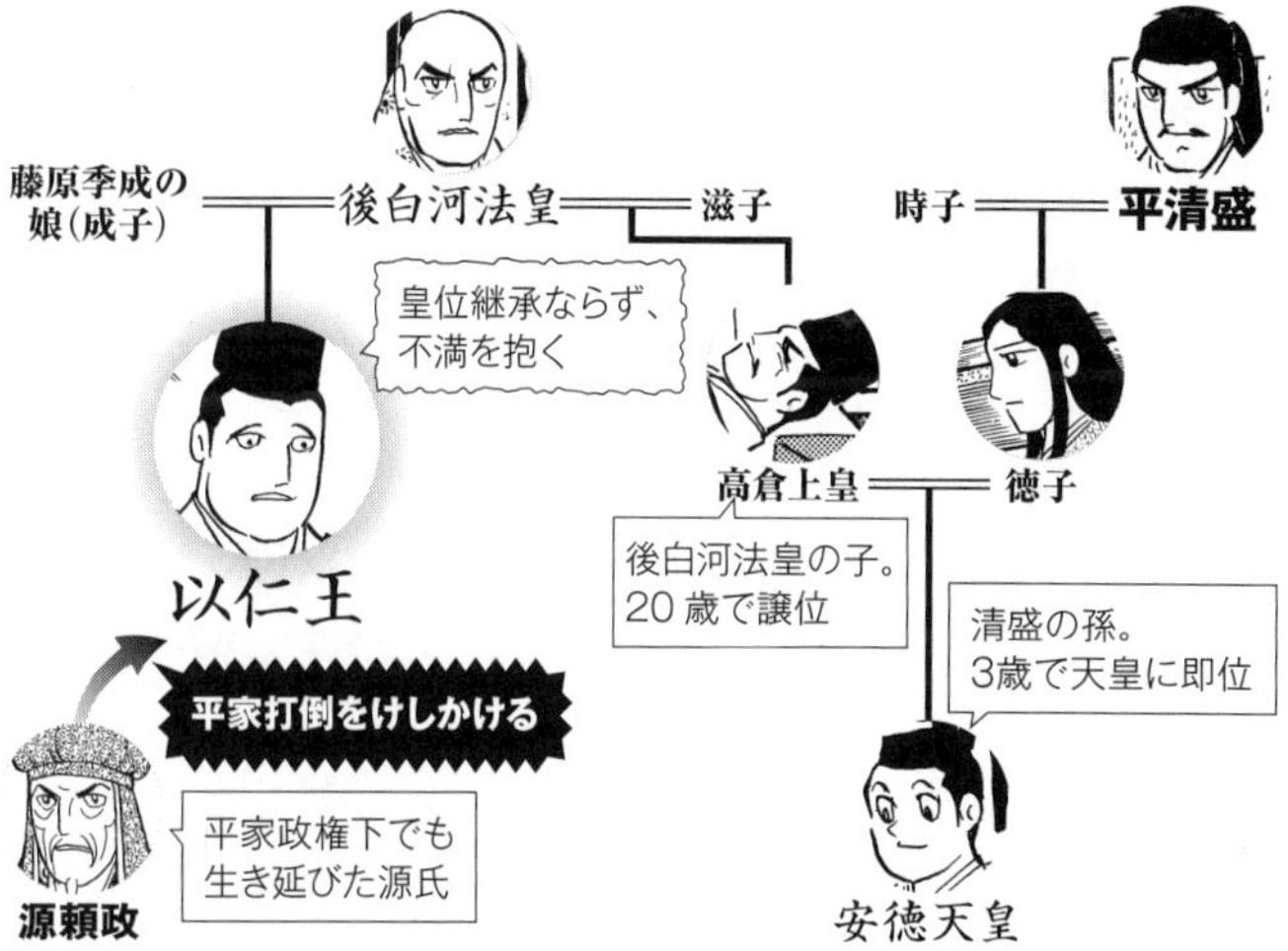
藤原季成の
娘(成子)
後白河法皇
滋子
時子
平清盛
皇位継承ならず、
不満を抱く
以仁王
高倉上皇
徳子
後白河法皇の子。
20歳で譲位
清盛の孫。
3歳で天皇に即位
平家打倒をけしかける
平家政権下でも
生き延びた源氏
源頼政
安徳天皇

まりにも大きな危険が伴うからである。

だがその後、少納言伊長《これなが》という人相見から「天下取りの相が見える」という言葉を受けると、以仁王はついに挙兵を決意した。

これが平家打倒の狼煙《のろし》となる。平治の乱以降、鳴りを潜めていた全国の源氏一族は、この挙兵をきっかけに平家打倒に立ち上がったのである。以後、日本は源平の争乱という未曾有《みぞう》の動乱に巻き込まれていく。

◉平家打倒の命令書が伝達される

物語もここから大きく変わる。これまではおもに都を舞台にした平家と朝廷、貴族、寺院などの対立が描かれてきたが、これ以降は平家に対抗するもういっぽうの主役として源氏一族が登場し、物語の舞台も全国に展開していくことになる。

さて、平家打倒を決意した以仁王は、ただちに熊野にいた源行家《ゆきいえ》（頼朝の叔父）を召し寄せ、諸国の源氏に挙兵を呼びかける令旨《りょうじ》（命令書）を届けさせた。

平治の乱で伊豆に流されていた頼朝や、信濃《しなの》（長野県）木曾を本拠とする木曾義仲らの手にも令旨が渡った。

法皇の皇子である以仁王の命令があれば、平家討伐は謀叛ではなくなる。むしろ平家方が賊軍《ぞくぐん》で、以仁王方が官軍《かんぐん》である。

こうして皇族自らが立ち上がった第二の平家打倒運動は次第に盛り上がり、いよいよ胎《たい》動《どう》のときを迎える。

一部では早くも戦闘が起きた。謀叛の動きを察知した平家方の熊野別当《べっとう》（熊野三社の長官）湛増《たんぞう》が、一千騎を率いて那智《なち》・新宮《しんぐう》の源氏の二千騎に挑戦したのである。

双方の軍勢は鬨《とき》の声を上げ矢合わせすると、激戦を繰り広げた。矢叫びの声、鏑矢《かぶらや》の音とともに絶え間なく響き渡り、三日ものあいだ交戦が続いた。だが結局、湛増は大敗を喫し、命からがら逃げ帰った。そして清盛のもとへ、反平家勢力が謀叛をたくらんでいることを告げる飛脚を走らせた。

❖以仁王に蜂起を促す源頼政

以仁親王さまは天皇になられるご身分なのに三十になられて親王で納得なされますのか?法皇さまを安心させるのが親孝行ではありませぬか?
そのようなこと清盛入道が認めぬ
では平家を討って即位なされませ!

名場面を読む!

[原文]
御謀叛をおこさせ給ひて、平家を滅ぼし、法皇のいつとなく鳥羽殿におしこめられてわたらせ給ふ御心をも、やすめ参らせ、君も位につかせ給ふべし。

[現代語訳]
謀叛を起こして、平家を滅ぼし、法皇がいつまでとなく鳥羽殿に押し込められておられる御心を安らかにし、君も皇位におつきになるべきです。

巻第四

露見した計画

以仁王の不運 出だしからつまずいた

源頼政が以仁王の令旨を各地に届けている頃、後白河法皇は相変わらず鳥羽殿で幽閉生活を送っていたが、一一八〇（治承四）年五月十二日に不思議な出来事が起こる。御所中をいたちの群れが走りまわったので法皇が密使を使わし占わせたところ、三日以内に吉事と凶事が訪れるというお告げが出たのだ。

すると翌十三日、宗盛のとりなしで清盛が法皇の幽閉を解いた。法皇は、これが吉事かと喜んだ。いっぽうでは湛増から清盛のもとへ謀叛の急報が届き、以仁王に対する逮捕命令が出された。これが凶事であった。

五月十五日、福原から京へ出向いた清盛は、以仁王の御所に追捕使《ついぶし》を派遣した。追捕使のなかには、源兼綱《かねつな》という武将がいた。兼綱は頼政の養子であったが、清盛はこの時点では、まさか頼政が以仁王に謀叛を勧めた張本人だとはつゆ知らず、兼綱を遣わした。その結果、平家方の動きは兼綱を通じて頼政のもとへ伝わってしまったのである。

その夜には謀叛が発覚し逮捕の軍勢が急行しているという頼政からの手紙が以仁王の御所にもたらされた。以仁王は大いにうろたえた。

『平家物語』小話

源頼政が挙兵を決意した真の理由とは？

源頼政が以仁王に平家打倒を勧めたのはなぜか——。『平家物語』では、頼政の嫡子仲綱《なかつな》が清盛の三男宗盛に散々馬鹿にされたことを根に持ったためと書かれている。

宗盛は仲綱が飼っていた木《こ》の下《した》という名馬を欲しがり、仲綱が惜しむのを知りながら、権力づくで奪い取った。そして木の下を手に入れると、仲綱が出し渋ったことを憎み、馬の尻に「仲綱」という焼印をし、仲綱の名を辱めた。頼政はこの噂を伝え聞き、平家への復讐を決意したというのだ。

しかし史実では、以仁王から謀叛を持ちかけたともいわれる。首謀者は以仁王なのだが、謀叛が失敗したため、作者は真実を書きづらく、頼政が主導したことにしたというのである。

動転する以仁王を横目に、機転を利かせたのが家臣の長谷部《はせべ》信連《のぶつら》である。信連は代々朝廷に仕え続けている武家の出で、当時は以仁王に仕えていた。その信連が「女装して追っ手の目を欺くのはどうか」と進言したのだ。

以仁王は信連の計略に従い、女性の格好に着替えて屋敷を出た。途中、溝を軽々と飛び越え、通行人にはしたない女房だと不審がられる場面もあったが、無事脱出に成功した。

信連は、ひとり屋敷にとどまった。逃げたと思われては武士の意地が立たないと考えたからだ。しかし、以仁王が秘蔵の笛を忘れて出ていったことに気がつき、その笛を持って以仁王の後を追いかける。そして笛を届けると、「お前もこのままお伴せよ」という主の声を聞きながらも、「私が時間稼ぎをします」と言い残して屋敷に戻っていった。

●忠臣・信連の武勇伝

やがて信連のもとへ平家方の三百余騎が押し寄せてきた。

信連は装束を脱ぎ捨て、ひとりで応戦。武器は使い勝手の悪い儀式用の太刀であったが、大長刀《おおなぎなた》を振るう平家の軍勢を縦横無尽《じゅうおうむじん》に斬り倒した。

それでも最後は太刀が折れ、ももを刺し貫かれて逮捕されてしまう。しかし、信連は清盛の前に引き出されても、「盗賊と思って切ったまでだ」と臆することなくうそぶき、以仁王の居場所を決して明かそうとしなかった。

この信連の武勇に感心した清盛は、死罪を減じて流罪にとどめた。

その後の信連は、以仁王と運命をともにしたとも、源頼朝に仕えて能登《のと》（石川県）に領地を得たともいわれている。

いっぽう、以仁王は大津の園城寺《おんじょうじ》（三井寺）に向かっていた。賀茂川《かもがわ》を渡り、険しい如意山《にょいざん》を夜通し歩き続けていると、足から流れ出る血が小石を赤く染めた。しかし以仁王は、ひたすら山道を急ぎ、明け方には園城寺にたどり着いたのであった。

❖女装して屋敷を抜け出す以仁王

名場面を読む！

［原文］

…しかるべしとて御ぐしを乱し、かさねたる御衣に、市女《いちめ》笠《がさ》をぞ召されける。

［現代語訳］

（信連に女装を勧められた以仁王は）それがよかろうと御髪をとき乱し、御衣を重ね着して、市女笠をお召しになった。

巻第四

宇治の合戦

平等院を舞台にした以仁王の軍勢と平家軍の攻防戦

一一八〇（治承四）年五月十六日、謀叛の噂が京の街に広まると、源頼政はその日の夜のうちに三百余騎を率いて、以仁王が身を寄せる園城寺へ駆けつけた。

園城寺に結集した反平家勢力は まず延暦寺と奈良の興福寺、東大寺に書状を送って援軍を頼むことにした。平家を打倒するには、寺院の僧兵の協力が不可欠であった。

延暦寺は園城寺と同じ天台宗《てんだいしゅう》の寺院であったが、書状のなかに両寺を対等に扱う表現があることが気に入らず、協力を拒んだ。延暦寺は自分たちが本寺、園城寺は末寺という寺院の格を考慮していない点に腹を立てたのである。また、清盛から大量の贈り物を受けていたことも、以仁王方への協力を難しくしていた。

しかし興福寺と東大寺は、清盛打倒は望むところであるとの返事をよこす。両寺の宗派は天台宗ではない（興福寺は法相宗《ほっそうしゅう》、東大寺は律宗《りっしゅう》）。それにもかかわらず、援軍を送ってくれるというのだ。

これで反平家勢力の勝機が見えたと思いきや、ある僧の妨害で作戦が暗礁《あんしょう》に乗り上げてしまう。園城寺で作戦会議を開き、夜討ちをかけようということで話がまとまりかけた

❖合戦の経過

❶以仁王の軍勢が宇治橋の橋板をはずし、橋の向こうで平家軍を待ち受ける。平家軍は橋板がないのを知らずに橋を渡ろうとしたため、先鋒の 200 余騎が川に流された。

▼

❷以仁王側の僧兵但馬が長刀で何本もの矢を切り捨て大活躍。浄明明秀という僧兵も橋桁の上を突き進み、蜻蛉返りや水車、十文字などの妙技を見せた。

▼

❸平家軍の足利忠綱という武士が馬筏という高等馬術を用いて渡河を決行。以仁王側の防御戦をついに破り、平等院のなかに攻め入った。

▼

❹激しい攻防戦のすえ、源頼政・仲綱父子は自害。以仁王も退却中に流れ矢に当たり、光明山の鳥居の前で平家軍に討ち取られた。

とき、平家に味方する阿闍梨真海《あじゃりしんかい》が故意に長弁舌《ちょうべんぜつ》をふるった。そのため時間がなくなり、夜討ちを諦めざるを得ない状況になってしまったのだ。

　身の危険を感じた以仁王は同月二十三日、園城寺の軍勢とともに興福寺へと向かった。だが途中、以仁王は極度の疲労から六度も落馬。宇治の平等院《びょうどういん》で休息をとっていたところ平家軍に追いつかれてしまい、宇治の合戦を戦うことになる。

◉戦局を平家軍有利に傾けた秘策

　平家軍の先鋒は、以仁王の軍勢が潜んでいる平等院をめざして、宇治橋《うじばし》を渡っていった。しかし、以仁王の軍勢はあらかじめ宇治橋の橋板をはずしており、何も知らずに橋を進んだ二百余騎が次々と川に流された。

その後、平家軍の後陣が攻めてくると、以仁王の軍勢からは僧兵や頼政配下の渡辺党が前線に出てきて防戦につとめた。このとき活躍したのが、園城寺の僧兵但馬《たじま》と浄妙明秀《じょうみょうめいしゅう》だ。但馬は長刀を持ち、敵が射掛ける矢を飛び越え、切っては落とし切っては落とし、機敏な動きで矢を払いのける。明秀も橋桁の上をするする渡って斬りまくった。

平家方は不利な状況に追い込まれた。と、そこへ足利忠綱《あしかがただつな》という十七歳の関東の武士が現れ、馬に筏《いかだ》のような隊列を組ませる「馬筏《うまいかだ》」という高等馬術を用いて渡河《とか》を決行、三百騎すべてが川を渡りきったのである。

これが勝負の分かれ目となった。川を越えた残り二万八千騎の平家軍は平等院になだれ込み、激しい攻防戦を展開する。頼政・仲綱父子は追いつめられ、自害して果てた。奈良に向かった以仁王も敗走の途中で追いつかれ、矢の雨を浴びて命を落とした。

勝利した平家軍は、討ち取った首級《くびきゅう》をかかげて凱旋し、戦後処理を行なった。見る人の少なかった以仁王の首は、愛人が確認することによってようやくそれと判明するという有様であった。

そして五月二十七日、清盛は五男重衡《しげひら》に命じ、以仁王についた園城寺を焼き討ちにする。園城寺の由緒ある伽藍《がらん》は焼き尽くされ、仏像、経典、財宝がみな灰となってしまった。

❖平家軍に圧倒される以仁王の軍勢

終盤の戦局は平家軍に傾き…
僧兵は次々に戦死
以仁王も討ち取られた

名場面を読む！

［原文］
…いずれが矢とはおぼえねど、宮の御そば腹に矢一すぢたちけらば、御馬より落ちさせ給ひて、御頸とられさせ給ひけり。

［現代語訳］
…誰が射たものはかはわからないが、宮（以仁王）の左の御脇腹に矢一筋突き立って、御馬から倒れ落ちられ、御首をお取られになった。

『平家物語』史跡ガイド① ～京都編～

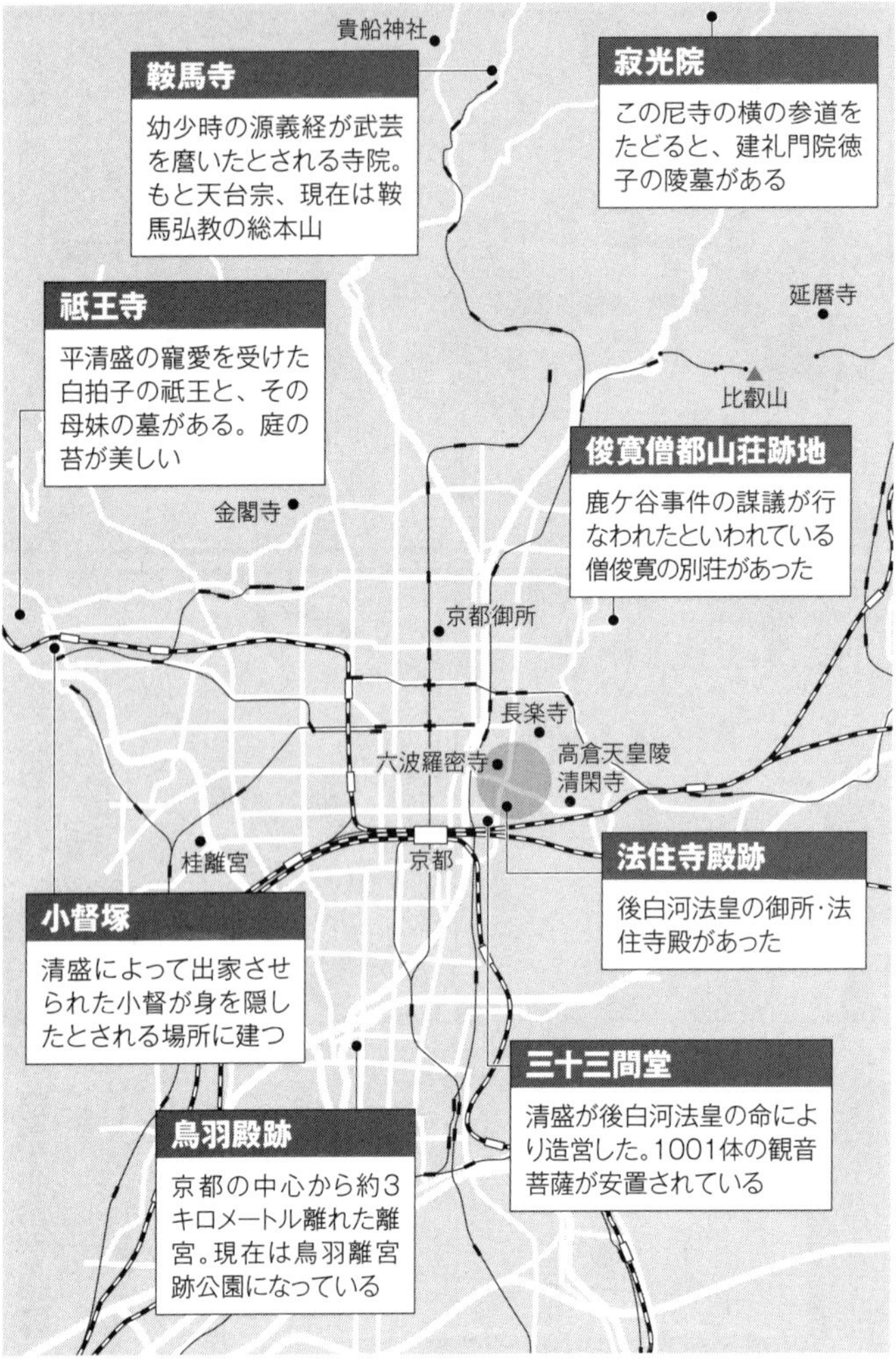

貴船神社
鞍馬寺
幼少時の源義経が武芸を磨いたとされる寺院。もと天台宗、現在は鞍馬弘教の総本山
寂光院
この尼寺の横の参道をたどると、建礼門院徳子の陵墓がある
延暦寺
比叡山
祇王寺
平清盛の寵愛を受けた白拍子の祇王と、その母妹の墓がある。庭の苔が美しい
俊寛僧都山荘跡地
鹿ケ谷事件の謀議が行なわれたといわれている僧俊寛の別荘があった
金閣寺
京都御所
長楽寺
六波羅密寺
高倉天皇陵
清閑寺
桂離宮
京都
法住寺殿跡
後白河法皇の御所·法住寺殿があった
小督塚
清盛によって出家させられた小督が身を隠したとされる場所に建つ
三十三間堂
清盛が後白河法皇の命により造営した。1001体の観音菩薩が安置されている
鳥羽殿跡
京都の中心から約3キロメートル離れた離宮。現在は鳥羽離宮跡公園になっている

第二部　『平家物語』を読む

第二章

源氏の反抗、平家の滅亡

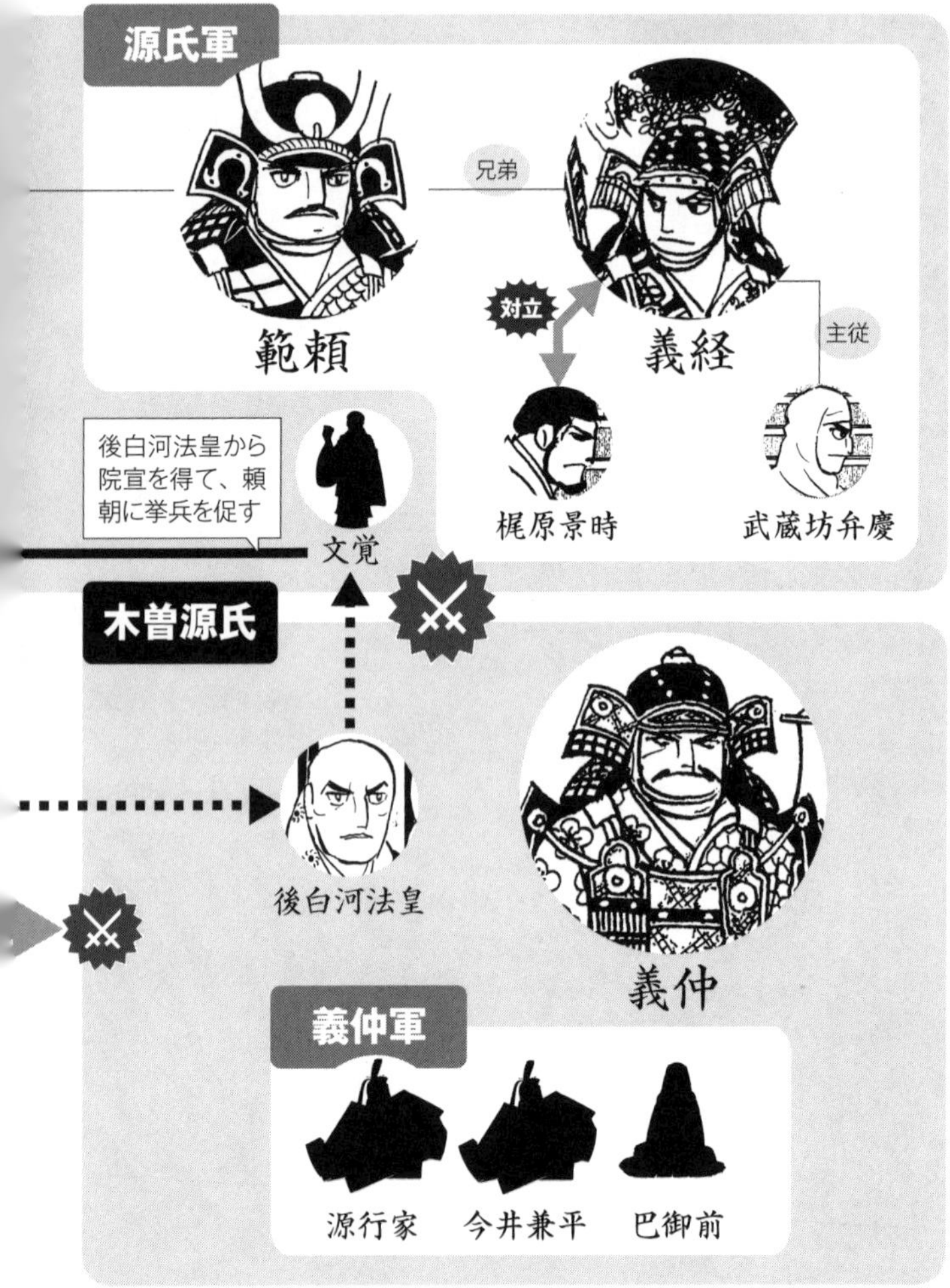

源氏軍
兄弟
範頼
義経
対立
主従
梶原景時
武蔵坊弁慶
後白河法皇から院宣を得て、頼朝に挙兵を促す
文覚
木曽源氏
後白河法皇
義仲
義仲軍
源行家
今井兼平
巴御前

❖第2章・人物相関図

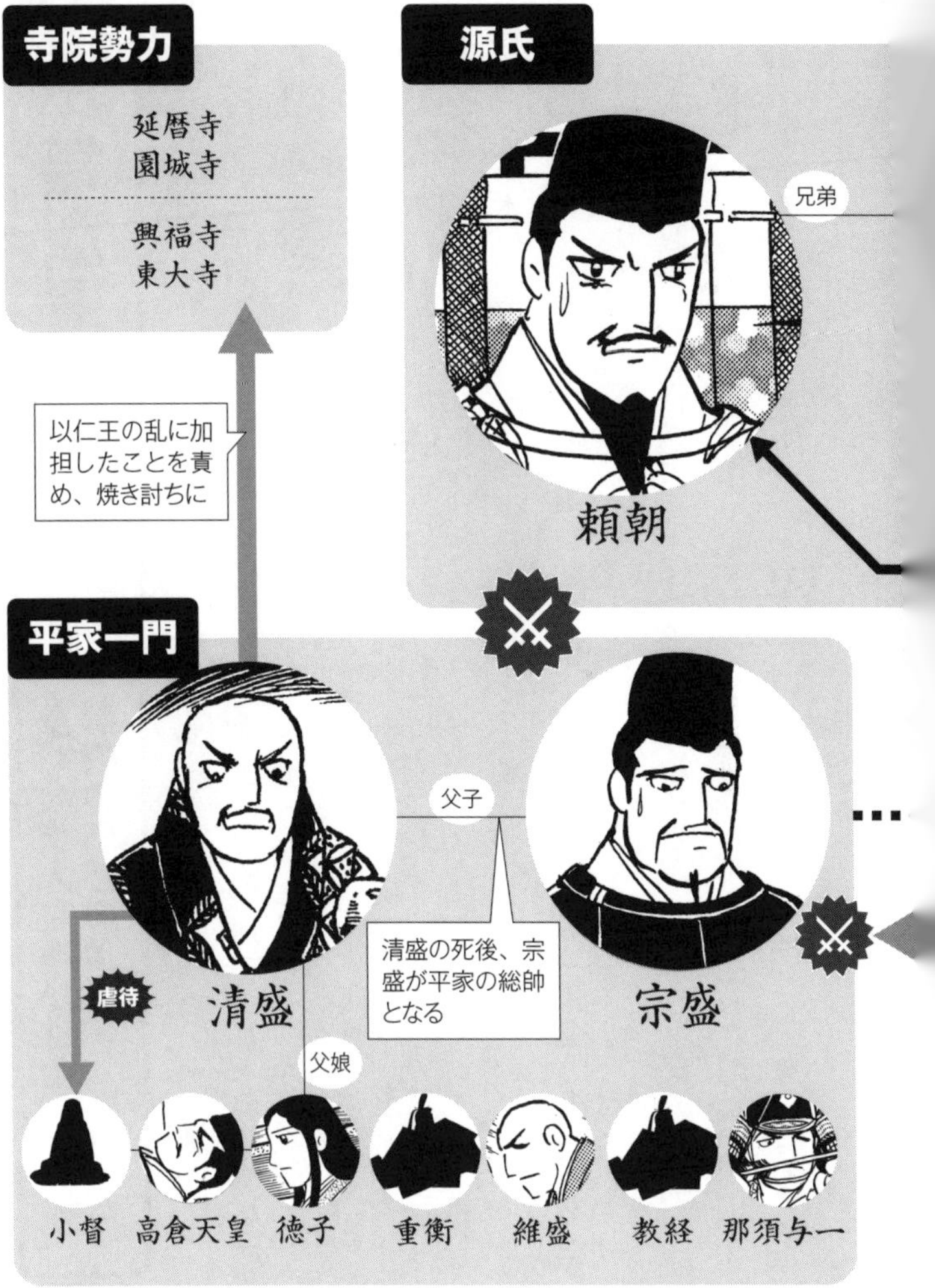

寺院勢力
延暦寺
園城寺
興福寺
東大寺
源氏
兄弟
頼朝
以仁王の乱に加担したことを責め、焼き討ちに
平家一門
父子
清盛の死後、宗盛が平家の総帥となる
虐待
清盛
宗盛
父娘
小督
高倉天皇
徳子
重衡
維盛
教経
那須与一

巻第五

福原遷都

多くの都人を嘆かせた清盛の悪行の頂点

以仁王の謀叛は、当時の人々にとってあまりに衝撃的な事件であった。その衝撃冷めやまぬ一一八〇（治承四）年六月二日、京にさらなる激震が走る。清盛が都を京都から福原（兵庫県神戸市）へ遷《うつ》すと宣言したのである。

この日、清盛は三歳の安徳天皇を福原へ行幸《ぎょうこう》させ、後白河法皇、高倉上皇、徳子をはじめ多くの公卿を同行させた。法皇については、以仁王の挙兵に関係したとして、ふたたび福原の御所に幽閉した。

福原は清盛の本拠地で、貿易のための港の開発が進められていた。それまでにも遷都の噂がなかったわけではないが、あまりに急な話であったため、人々は準備もないままに出発せざるを得なかった。

歴史をさかのぼれば、遷都は過去三十回以上行なわれてきた。しかし平安遷都以来、約四百年間は天皇でさえも遷都をしていない。しかも、平安遷都を実施した桓武天皇《かんむてんのう》は平家の先祖であり、京都に執着していた。それを、人臣の身である清盛が強行したという事実は驚くべきことであった。

❖高台から新都を見下ろす清盛一行

名場面を読む！

［原文］
旧都をばすでにうかれぬ、新都はいまだ事ゆかず。ありとしある人は、身をうき雲の思ひをなす。

［現代語訳］
すでに旧都を離れてしまった。しかし、新都はまだ整っていない。人々はみな、浮き雲のように頼りない心境である。

福原を新都として選定した背景には、貿易を活性化しようとする清盛の意図があった。また、京都や奈良の寺院勢力と距離を置きたいという願望も遷都の理由のひとつであった。福原の地は、京都や奈良から山を隔てた瀬戸内海沿岸に位置している。そのため、寺院勢力が兵を挙げたとしても対処しやすいと考えたのだ。

ただし、福原は平地が乏しく、都城の造営にふさわしい土地の選定もままならなかった。また、貴族たちにとっては引っ越しの費用が馬鹿にならず、引っ越しがすんでからも、心はいっこうに落ち着かない。そのいっぽう、慣れ親しんだ旧都では家々が取り壊され、荒廃が進んでいく。平氏政権に対する人々の不満は、どんどん高まっていった。

◉神から見放された平家

さらに福原では怪異現象《かいいげんしょう》が続いた。たとえば、あるはずのない大木が倒れるような音がして大勢の笑い声が聞こえた。人々は物の怪《もののけ》のしわざに違いないと噂し合い、平家の人々は夢見が悪くなった。清盛の目前でも怪異は起きた。巨大な顔が清盛をのぞいていたり、中庭に無数の髑髏《どくろ》がひしめき合ってにらんでいるようなこともあった。しかし清盛は、どんな怪異にもまったく動じず、強気な態度で追い払う。

実は、これらは恐ろしい事実を暗示していた。それまではじわじわ忍び寄っていた平家

『平家物語』小話

『平家物語』に登場する物の怪たち

『平家物語』は福原遷都後、清盛の前に巨大な顔や無数の髑髏《どくろ》が現れたことを記しているが、物語中にはほかにもしばしば物の怪が出てくる。

よく知られたところでは、源頼政の武勇譚《ぶゆうたん》で描かれる「鵺《ぬえ》」である。鵺とは顔は猿、胴体は狸、手足は虎、尾は蛇の姿をした妖怪で、近衛《このえ》天皇や二条天皇の時代に内裏に現れると噂になった。これを退治するよう命じられたのが源頼政。彼は鵺を二度にわたって矢で射落としたと伝わる。

鉄鼠《てっそ》という物の怪も登場する。園城寺の僧頼豪《らいごう》が憤死し、死の直前に吐いた彼の息が８万４０００の鼠と化した。鼠は鉄の牙を持つことから後に『画図百鬼夜行』でこの名がつけられた。

の滅びの運命が、物の怪という形をとって、とうとう表面化してきたのだ。

そして何より平家の世の末を示すものとして受け止められたのは、貴族の源雅《まさ》頼《より》に仕える若侍が見た夢である。

若侍は、平家の守護神である厳島大明神が神々の集まる会議の場から追放され、源氏の守護神である八幡大菩薩《はちまんだいぼさつ》が「源頼朝に政権を与えよう」と言い、ついで藤原氏の氏神《うじがみ》である春日大明神が「その次の政権はわが孫に」と言ったという夢を見た。しかもその後、清盛がかつて厳島大明神から賜《たまわ》った小長刀《こなぎなた》が実際に消え失せた。

こうして平家は神に見放され、没落していくことが示されたのだ。

巻第五

頼朝挙兵

東国の地で燃え上がる平家追討の新たな炎

平家の未来を暗示するかのような不吉な夢の話が世間を騒がせていた一一八〇（治承四）年九月一日、福原の平家一門のもとへ相模《さがみ》（神奈川県）から驚くべき報せ《しら》がもたらされた。なんと源氏の嫡流頼朝が挙兵したというのである。

相模の武将大庭景親《おおばかげちか》によれば、頼朝は八月十七日、舅の北条時政《ほうじょうときまさ》と共謀し、伊豆の代官平兼隆《たいらのかねたか》を山木館《やまぎやかた》で討ち取った。その後、石橋山《いしばしやま》にこもった頼朝は、大庭の攻撃を受けて敗北し、安房《あわ》（千葉県）に逃げたという。

この報せに対する福原の反応は、「朝敵である頼朝につくのは縁者の北条氏だけだ」とか「いずれ天下の一大事になるだろう」などさまざまであったが、誰よりも激怒したのが清盛である。

本来、頼朝は平治の乱で死罪になるはずであった。それを清盛が、継母の池禅尼《いけのぜんに》の懇願を聞き入れて助命してあげたのである。その頼朝が平家に楯突いてきた。清盛にしてみれば、頼朝は恩知らず以外の何者でもない。むしろ憤るのが当然なのだ。

❖頼朝挙兵の報を受ける清盛

清盛入道さま
伊豆の源頼朝が
北条と組んで
謀叛を
起こしました
おのれ　源頼朝め
平治の乱の時
打首になる
運命であったのに
伊豆流罪で
すませてやった。
その恩を忘れ
おったか
討つ必要が
ある
準備せよ
はっ

名場面を読む!

［原文］

福原には、勢《せい》のつかぬ先に、いそぎ打手をくだすべしと…都合三万余騎、公卿僉議《くぎようせんぎ》あて…東国へこそうたたれけれ。

［現代語訳］

福原では、頼朝に軍勢がつく前に、急ぎ討手を派遣すべきであると公卿の会議で決定され…あわせて三万余騎の軍勢で…東国へ出発した。

◉頼朝に挙兵を促した謎の僧

そもそも頼朝が清盛によって伊豆へ流されたのは、十三歳のときであった。伊豆では読《ど》経《きょう》三昧の生活を送っており、平家打倒をめざして挙兵するなどとてもできる状況ではなかった。そんな頼朝に謀叛を促したのが、文覚《もんがく》という名の僧である。

文覚はもとは遠藤盛遠《えんどうもりとお》という武士であったが十九歳で出家し、熊野の那智《なち》の滝で厳しい修行を重ねて僧となった。その後、後白河法皇に悪口《あっこう》を吐いて伊豆に流され、同時期に伊豆に流されていた頼朝と親しく話をするようになった。

その文覚が、あるとき頼朝に平家打倒を勧めたのだ。

文覚は「平重盛は立派な人物であったが、重盛亡き後、あなたほど将軍の相を持った人はいない、謀叛を起こして日本を従えなさい」と語った。

頼朝が「流罪の身でありながら、謀叛などできない」と拒むと、後日、文覚は頼朝の父義朝の髑髏《どくろ》と称するものを取り出し、ふたたび挙兵を勧めた。

その髑髏について文覚は、「平治の乱後、牢獄の前の苔《こけ》の下に埋もれたままで、誰も弔《とむら》うことがなかった。それを私が牢番に頼んでもらい受け、十余年のあいだ首にかけて山や寺を拝み回っていたのです」と言う。

『平家物語』小話

怪僧・文覚と頼朝の逸話の真偽

文覚は相当変わった僧である。幼少の頃から「面張牛皮《めんちょうぎゅうひ》」と呼ばれた乱暴者で、出家したのは人妻に横恋慕し、思いあまって殺してしまったからであった。出家後も神護寺《じんごじ》再興を志し、寄進を求めて後白河法皇の御所に乱入するなど、度を超した振る舞いを重ね、ついに伊豆へ流される羽目になった。

『平家物語』では頼朝に挙兵を促す重要人物として描かれているが、これは史実とは考えにくい。なぜなら文覚の配流は頼朝挙兵の5、6年前のことであり、後白河法皇の院宣も実在しないからだ。伊豆配流時、ふたりのあいだに何らかの関わりがあったのは確かで、物語が完全な虚構とは言い切れないものの、その人物像、行動とも誇張された部分が大きいと見られる。

頼朝は文覚の言うことを鵜呑《うの》みにしたわけではなかった。だが、父の頭と聞いた懐かしさに思わず涙し、心を動かしたのである。

すると文覚は、急いで福原の新都に行き、わずか八日間で往復して戻ってくる。その手には平家追討を命じる後白河法皇の院宣《いんぜん》が握られていた。

院宣とは法皇または上皇の名で出される命令書のことで、天皇の名で出される宣旨や皇太子の名で出される令旨よりも権威が大きい。

ここに至り、頼朝はついに謀叛を決意した。

そして院宣を旗印に掲げて挙兵するに至ったのである。

巻第五

富士川の合戦

水鳥の羽音に驚き総退却！平家がおかした大失態

頼朝は挙兵後まもなく勃発した石橋山の戦いで敗北したが、逃げ延びた頼朝のもとには関東の武将たちが馳せ参じ、源氏軍は次第に勢いを増していった。そして、ほどなく関東八カ国を支配下におさめた。

これに対し、平家方は福原で作戦会議を開き、源氏追討軍を派遣することを決めた。一一八〇（治承四）年九月十八日、大将軍の維盛（重盛の嫡男）、副将軍の忠度《ただのり》（清盛の異母弟）、侍大将の藤原忠清《ただきよ》以下、三万余騎の軍勢が華々しく出発する。

維盛は当時二十三歳。この若き大将の出陣姿は輝くほど美しく、人々はみな褒めそやした。また、歌人としても名の知れた忠度は、愛人と別れの和歌を詠《よ》み交わしてから旅立った。このときは、のちに平家軍が敗走することになろうとは、誰ひとりとして考えていなかった。

◉戦わずして大敗北を喫した平家軍

平家軍は途中で兵を招集しながら歩を進め、同年十月十六日に駿河《するが》（静岡県）に到着し

❖富士川までの源平両軍の進路

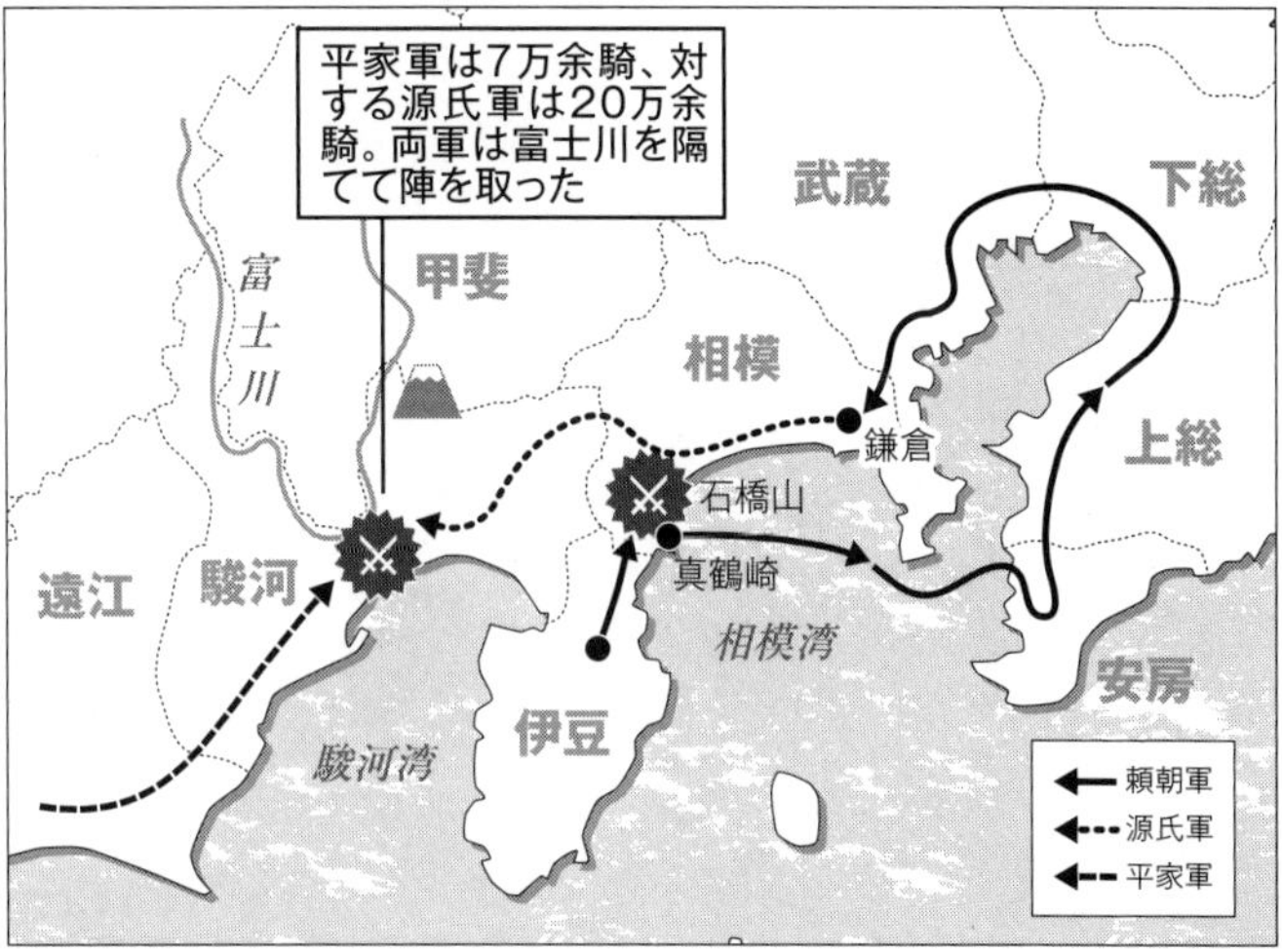
平家軍は7万余騎、対する源氏軍は20万余騎。両軍は富士川を隔てて陣を取った
武蔵
下総
甲斐
富士川
相模
鎌倉
上総
石橋山
真鶴崎
遠江
駿河
相模湾
安房
伊豆
駿河湾
頼朝軍
源氏軍
平家軍

た。軍勢は当初の三万余騎から七万余騎に膨れ上がり、富士川《ふじがわ》に布陣することになった。

いっぽう頼朝率いる源氏軍は、箱根《はこね》の足柄山《あしがらやま》から駿河の黄瀬川《きせがわ》に着き、甲斐《かい》（山梨県）・信濃《しなの》（長野県）両国の源氏と合流。総勢はなんと二十万騎に達した。

数のうえでは源氏軍のほうが平家軍よりも三倍以上多く、平家軍の苦戦は必至の情勢であった。

ここで維盛は、関東出身の武士斉藤実《さいとうさね》盛《もり》から坂東《ばんどう》（関東）武者の恐ろしさを耳にする。実盛によれば、坂東武者は剛勇揃いで、親子が互いの屍《しかばね》を乗り越えてでも闘うほどの非情さを備えているという。さらに「私は今回生還できるとは思っていない」と語る実盛の言葉に、平氏軍はみな恐れおののいた。

この実盛の話が影響したのであろうか、合戦前夜の十月二十三日、平家軍は前代未聞の大失態を演じてしまう。

平家軍はまず、地元の避難民が山や野で炊事する火を見て源氏の大軍と誤認し、震え上がった。さらにその夜半、静かに眠っていた水鳥が雷のはためくような羽音を上げていっせいに飛び立つと、平家軍はすわこそ敵軍の夜襲に違いないと思って慌てふためき、何もかも投げ出して争って逃げ出した。

その慌てぶりは尋常ではなく、合戦に不可欠な弓や矢を忘れ、他人の馬に乗ったり、つながっている馬に乗ったりと、とても武士とは思えない体たらくであった。

翌朝、源氏軍は富士川の川ばたで鬨《とき》の声を上げ、意気揚々《いきようよう》と平家軍の陣に乗り込んだ。だが、そこはすでにもぬけの殻。源氏軍は一戦も交えることなく勝利を手にしたのである。

頼朝はここであえて追撃せず、鎌倉に凱旋《がいせん》していった。京の人々はこの平家の醜態《しゅうたい》を「見逃げ」ならぬ、「聞き逃げ」といってあざ笑った。

敵前逃亡して京に帰った維盛に対し、清盛は激怒、「流罪に処すべし」と言って憤る。ところが、ふたを開けてみると、維盛は処罰どころか二日後に官位昇進を遂げ、さらなる失笑をかうことになった。

❖水鳥の羽音で総退却する平家軍

水鳥がいっせいに飛び立つと…

平家軍は敵軍の襲来と勘違いし武器も甲冑も持たずに逃走した

名場面を読む！

［原文］

…ただ一度にばと立ちける羽音の、大風いかづちなどの様にきこえければ、平家の兵ども…とる物もとりあへず、我さきにとぞ落ちゆきける。

［現代語訳］

…その羽音が、大風か雷などのように聞こえたので、平家の兵どもは…とる物もとりあえず、われ先にと逃走した。

巻第五

南都焼き討ち

平家の報復攻撃によって灰燼に帰した奈良の寺院

源氏との大事な緒戦で敗北を喫した平家一門は、一一八〇（治承四）年十二月二日に福原から京都への〝都帰り《みやこがえ》り〟を決意する。

実は十一月十三日には、安徳天皇はすでに福原の新内裏へ移っていた。しかし、そのほかの施設が不備だらけで、新帝即位の儀式などとても催せない状況であった。諸方面から新都への批判の声が高まっていたこともあり、清盛はついに福原に都を置くことを諦め、京へ戻ることにしたのである。

一門の公卿は、われ先にと京へ帰った。ところが、長く打ち捨てられていた京の街はすっかり荒廃しており、郊外の寺社などを仮の住まいにするしかないという有様であった。

◉業火が奈良の寺院を焼き尽くす

そうこうしているうちに、各地で反平家勢力による火の手が上がる。源氏の末流、近江源氏が反乱を起こしたのだ。

これに対し、清盛は同年十二月二十三日に四男知盛、異母弟忠度以下、二万余騎の追討

『平家物語』小話

荘厳な厳島神社が建てられた理由

清盛が福原を拠点とした日宋貿易に力を入れていたことは先に述べたとおりだが、日宋貿易を本格展開するうえで大きなカギとなったのが、海に浮かぶ竜宮城のような厳島神社だ。

厳島にはもともと小さな社があった。それをここまで壮麗な造りにしたのは清盛である。その理由は何であったのか。

ひとつは、清盛が海の女神である宗像三女神《むなかたさんじょじん》を祀る厳島の加護を必要としていたことが挙げられる。もうひとつは、清盛が信仰の何たるかを知っていたからだ。当時、瀬戸内海には海賊による被害が頻発していたが、その海賊でさえ、いざとなれば神仏にすがろうとした。そこで清盛は、厳島を海上の守護神とし、人心を掌握する手段として利用したものと考えられている。

軍を出陣させて撃退し、甲斐《かい》（山梨県）、美濃《みの》（岐阜県）にまで侵攻した。しかし、東国で兵を挙げた源氏も次第に勢力を拡大しつつあり、平氏政権を大きく揺るがした。

その後、平家一門は興福寺や東大寺といった奈良の寺院と対立を深めていく。

清盛が先の以仁王の謀叛に加担した罪で、奈良の寺院を攻撃しようとしているという噂を聞いた僧兵たちは、怒りのあまり朝廷からの使者を追い返した。

さらに僧兵たちは、事態を鎮静化するために非武装で向かった平家の使者まで討ち取ってしまう。

これに憤怒した清盛は十二月二十八日、ついに奈良の寺院を追討せよと命令を下す。清盛の指令を受けた大将軍の重衡（清盛の五男）は四万余騎の大軍で奈良へ攻め寄せ、僧兵と大激戦を展開したが、一日経っても決着は着かず、夜戦となった。

あたりが暗くどこに敵兵が潜んでいるかわかりにくくなったため、重衡は民家に火を放って明かりとするように命じた。すると、火は折からの強風にあおられて瞬く間に燃え広がり、奈良の有力寺院は一面火の海と化してしまったのだ。

逃げ遅れた老僧、女、子供たちは東大寺大仏殿の二階や興福寺に逃げ込んだ。大仏殿は敵が続くのを恐れ、梯子をはずしていた。そこへ真っ向から猛火が襲ってきたからたまらない。千余りの人々は逃げる術がなく、灼熱地獄《しゃくねつじごく》のなかをもだえながら焼き尽くされた。

こうして興福寺、東大寺は焼失し、さらには大仏の首も焼け落ちた。逃げ場を失い焼死した人は三千五百人、戦死した僧は千人にも及んだ。

翌日、重衡が京に凱旋すると、清盛は怒りが晴れて大喜びした。しかし、喜んだのは清盛以外に誰もおらず、後白河法皇から一般民衆まで由緒ある寺院の焼失という惨劇に愕然《がくぜん》とした。

清盛は福原遷都という王法《おうほう》に対する悪行に続いて、奈良の寺院を炎上させるという仏法《ぶっぽう》に対する悪行をもおかすことになった。人々は平家の天下が衰微《すいび》していく予兆だと噂し合ったが、清盛は少しも意に介さなかった。

❖炎上する東大寺

火の手が広まり
東大寺では大仏の
首が焼け落ちた
死者はなんと
三千五百人にも
達した

名場面を読む！

[原文]
煙は中天にみちみち、ほのほは虚空にひまもなし。まのあたりに見奉る者、さらにまなこをあてず。

[現代語訳]
煙は中空にみなぎり、焔は虚空に燃えあがって透き間もない。眼前にこの有様を拝し見る者は、まともに目を向けることができなかった。

巻第六

小督

夭折した高倉上皇をしのぶ宮中一の美女との恋話

頼朝の蜂起《ほうき》、南都炎上など凶事が続いた一一八〇（治承四）年が終わり、新年が幕を開けた。しかし、宮中の新年行事はほとんど中止され、憂鬱《ゆううつ》な年初めとなった。

そして一一八一（治承五）年一月十四日、さらなる凶事が起きる。高倉上皇が二十一歳の若さで亡くなったのである。死因は心労であった。

上皇は、父の後白河法皇が幽閉されて以来、福原への遷都や兄以仁王の戦死など、不穏な政情に心を悩ませ体調を崩していた。そうしたなか、奈良の火災を聞くと重態に陥り、ついには帰らぬ人となってしまったのだ。

上皇は教養も人徳もある人物で、重盛亡き後は清盛と法皇のあいだを取り持っていた。そのため、多くの人々がその死を嘆いた。

ここで物語は、上皇の心優しい人柄を示す逸話をいくつか取り上げている。そのひとつに、小督《こごう》という女性との恋愛話がある。

生前、上皇は葵《あおい》の前《まえ》という名の少女を愛したことがあった。葵の前は上皇の后徳子（清盛の娘）に仕える女房の召使い。身分は低かったが、上皇は彼女をことのほか可愛がって

❖高倉上皇の崩御

高倉上皇は
心労で病に倒れ
21歳で崩御した

病の原因は
清盛であった

名場面を読む！

［原文］
末代の賢王にてましましければ、世の惜しみ奉る事、月日の光をうしなへるがごとし。

［現代語訳］
（高倉上皇は）末代の賢王でおられたので、世間の人々は、月日の光を失ったかのように悲しんだ。

いた。しかし、その寵愛《ちょうあい》ぶりが噂になると、上皇は世間のそしりを恐れて関係を絶ってしまう。やがて葵の前は上皇の真心を知り、病に伏して亡くなった。

悲しみに沈む上皇。その姿を見かねて徳子が紹介したのが件《くだん》の女性、小督である。

小督は中納言藤原成範《しげのり》の娘で、美人の誉《ほま》れ高く、琴の名手でもあった。当時、彼女には藤原隆房《たかふさ》少将という恋人がいたのだが、上皇の寵愛を受けるようになると隆房を捨てた。

隆房は悲嘆に暮れ、「死にたい」と洩《も》らすほど落ち込む。すると、その噂を聞いた清盛が激高し、小督を殺すと言い出す。実は、隆房の正妻は清盛の娘であった。そのため清盛は、小督にふたりの婿《むこ》、つまり上皇と隆房を奪われたと考え、憤慨したのである。

危険を感じた小督は、身を隠してしまった。しかし、上皇の命令を受けた源仲国《なかくに》が、松風に乗って聞こえてきた美しい琴の音から彼女を探し出し、なだめすかして内裏へ連れ戻した。その後、上皇と小督は人目につかないところで愛を育み、姫宮をもうけた。

だが、ふたりの秘め事はほどなく清盛の知るところとなり、小督は清盛からひどい仕打ちを受ける。そして最後は出家させられ、追放されてしまったのである。上皇が亡くなったのは、こうした心労が重なったためであった。

さらに清盛は、上皇の死を悼《いた》む法皇を慰めようとして、自身が厳島神社の巫女《みこ》に生ませた娘を差し出し、世間から不評を買った。

❖高倉上皇と小督に対する清盛の仕打ち

小督がふたりの婿（高倉上皇、隆房少将）と恋仲になったことを恨みに思い、殺そうとする
高倉上皇の側に仕える女房や臣下に対し、今後は上皇に仕えないようにと命じる
小督の髪の毛をつかみ、力ずくで引きずりまわしたうえ、「愛妾になれば許してやろう」と侮蔑する
嫌がる小督を無理矢理に出家させ、宮中から追放し、嵯峨に住まわせる

▼

清盛の度重なるいびりが高倉上皇の病の一因になる

◉義仲の挙兵で全国動乱の時代に

その頃、源氏は平家打倒計画を進めていた。中心人物は信濃（長野県）の木曽で育った木曽義仲。源義賢《よしかた》の子で、頼朝の従兄弟にあたる源氏方の武士である。

頼朝の挙兵を知った義仲は、頼朝に対抗する形で平家打倒の兵を挙げ、廻文《かいぶん》（回覧文書）を出して信濃、上野《こうずけ》（群馬県）の源氏を従えた。

平家は義仲挙兵の報に動揺したが、清盛は義仲をあなどっており、すぐに討ち取れると動じなかった。

しかしその後、河内《かわち》（大阪府）、九州、四国などでも次々と謀叛が発生。義仲の挙兵を発端とする平家打倒の火の手は、日本全国に広がったのである。

巻第六

清盛の死

灼熱の炎に焼かれて絶命した平家の英雄の遺した言葉

全国各地で反乱が勃発するという不測の事態に直面した平家一門は急遽、公卿僉議《くぎょうせんぎ》を行ない、東国、北国《ほっこく》（北陸諸国）の源氏軍討伐に向かうことを決めた。大将軍に選ばれたのは、清盛の三男宗盛であった。

ところが、宗盛一行が京を発とうとした一一八一（治承五）年二月二十七日の夜半頃、出発延期を強いられる事件が起きた。清盛が激しい熱病に襲われ、倒れてしまったのだ。

しかも、清盛の病は普通のものとはとても思えなかった。清盛本人は発病以来、水も喉を通らず、体は火を焚いたように熱い。周囲の人間が八、九メートル以内に入ると、熱くて耐えられないほどだ。あまりの熱さに水風呂に入れても、水は瞬間的に沸騰し、体に水を注げばたちまち炎と煙になってしまう。清盛の口から出る言葉も、「熱い、熱い」だけであった。

まるで八大地獄のひとつ、焦熱《しょうねつ》地獄のような恐ろしい病だが、翌二十八日に「清盛重病」との噂が街に広まると、世間の人々は「それ見たことか。悪行の報《むく》いだ」と囁《ささや》き合った。

妻二位殿時子《にいどのときこ》は清盛が倒れた後、身の毛のよだつ夢を見た。地獄の閻魔大王《えんまだいおう》の使者が、

❖熱病におかされた清盛の遺言

もはや寿命だろう…
もしわしが死んだらわしの身体は火葬にしその灰を福原の砂浜に埋めてくれ
そして源頼朝の首を取りわしの墓前に供えてくれ…

名場面を読む!

［原文］
われいかにもなりなん後は、堂塔をもたて孝養をもすべからず。やがて打手をつかはし、頼朝が首をはねて、わが墓のまへにかくべし。

［現代語訳］
自分が死んだ後は、仏塔や堂を建てて仏事供養をしてはならない。ただちに討っ手を差し向け、頼朝の首をはねて仏前に供えよ。

奈良の大仏を焼いた罪を受けて無間地獄《むけん》に堕ちる清盛を迎えにくるという夢であった。

覚悟を決めた二位殿は閏《うるう》二月二日、清盛の病床へ熱さをこらえて近寄り、遺言《ゆいごん》を残すよう勧めた。すると清盛は、「思い残すことは何もないが、頼朝の首を見なかったことだけが無念である。自分が死んだら仏事供養などする必要はない。頼朝の首をはねて仏前に供えてくれ。それが最高の供養である」と無念の声を絞り出した。実に罪深い遺言であった。

その後、清盛は同四日に悶絶《もんぜつ》しながら絶命する。享年六十四。遺骨は摂津《せっつ》（兵庫県）の経の島におさめされた。極楽往生を願いながら死んでいく王朝貴族とは異なる、武人らしい死に際《ぎわ》であった。

◉清盛の追悼話群

続いて、物語は清盛の追悼話群《ついとうわぐん》を載せている。

それによれば、清盛は慈恵僧正《じえそうじょう》（天台座主良源《りょうげん》）という高僧の生まれ変わりだという。あるとき、清澄寺《せいちょうじ》の慈心房尊恵《じしんぼうそんえ》という僧が閻魔大王から、天台宗の仏法を守るために慈恵の化身《けしん》として再来したのが清盛だと教えられる夢を見た。それを清盛に伝えると、清盛はたいへん喜び、彼に官位を与えた。物語はこうした逸話で清盛の信仰心の篤さを示している。

平清盛の実相

「清盛＝白河上皇の隠し子」説の真相

清盛の追悼話群のなかには、彼の生誕にまつわる秘話も含まれている。それによれば、清盛は忠盛の実子ではなく、白河上皇の落胤《らくいん》だという。つまり皇族の血を引いていたというのだ。

あるとき上皇は、寵愛していた祇園《ぎおん》女御《にょうご》の邸の近くに出没する物の怪退治を忠盛に命じた。忠盛が少しも恐れず物の怪に近づいていくと、物の怪ではなく老法師であることがわかった。これに感心した上皇は、褒美として忠盛に女御を与えた。

当時女御は身ごもっていたが、上皇は「女子ならば自分が引き取り、男子ならばお前がお前の子として育てるがよい」と語った。そうして生まれたのが清盛であったというである。

この落胤説は、史実かどうかはっきりとわからない。だが、正当性を裏づける根拠がないわけでもない。『平家物語』が根拠として挙げているのが、清盛の出世のスピードである。

清盛はまだ平家の勢力がそれほどでもなかった時代に、異例の速度で出世を遂げている。その速度は平家全盛の時代に生きた重盛よりも早かった。また太政大臣に就任したのも、天皇と直接的な外戚関係を形成する前のことであり、タイミングが不自然に思われる。

さらにもうひとつ、『平家物語』は清盛の常軌を逸した行動を指摘している。たしかに寺院の焼き討ちなどは、下々の人間ではとうてい考えつかない蛮行《ばんこう》だ。

清盛は皇族の血を引いていたがために異例の出世を遂げることができ、時に常人離れした悪行を繰り返した。そう考えると、清盛の落胤説はあながち間違いではないように思われる。決定的な証拠はないが、状況証拠は十分といえるであろう。

巻第6

義仲挙兵

いざ京へ！　平家軍を圧倒し血気さかんな木曾の軍勢

清盛の死後、平家の総帥となったのは清盛の三男宗盛であった。宗盛は反平家勢力の気勢をそぐために、後白河法皇の幽閉を解いたり、奈良の僧をもとの役職に復官させたり、焼失した大仏殿の再建をはじめるなど、それまでの独裁体制を緩和した。

しかし、時すでに遅し。いったん立ちのぼった反平家の火種は勢いを増すいっぽうで、もはや消すことはできなかった。平家方も反乱軍の鎮圧に奔走し、何度か成功をおさめてはいたが、結局のところ東国はみな源氏の支配下に入ってしまう。

一一八一（治承五）年六月には、越前守《えちぜんのかみ》をつとめる平家方の武将城《じょう》太郎《たろう》助長《すけなが》が変死する。助長は木曾義仲追討を命じられ、三万余騎を率いて出陣しようとしていた。その前夜、助長は「東大寺の大仏を滅ぼした平家の味方をする者を捕らえろ」という不気味な天の声を聞いていたが、構わずに出陣した。すると黒い雲が城を覆い尽くし、一瞬のうちに気を失い、落馬して死んでしまったのである。

さらに一一八一（養和元《ようわ》）年八月、反乱軍の鎮圧を祈祷する儀式が行なわれたときにも、儀式の責任者が急死するなど、不吉な事件が続けざまに起きた。

❖横田河原の合戦で義仲がとった奇策

助茂さま
赤旗が
見えます
味方だっ
信濃にも
平家に味方する
兵がまだ
いるのじゃ
これは義仲の作戦で
赤旗を持って
いたのは
源氏軍だった…
真相を知った
助茂軍の動揺は
大きく
あえなく
敗戦を喫した

名場面を読む！

［原文］
用意したる白旗ざとさしあげたり。越後の勢共これをみて、「敵何十万騎あるらん。いかがせん」…

［現代語訳］
（源氏軍が）用意していた白旗をざっとさしあげた。越後の軍勢どもはこれをみて「敵は何十万騎いるのか、どうしたらよかろう」…

年が変わってからは、あらぬ噂による大騒動が起きる。一一八一年(養和二)四月十五日、法皇が比叡山に命じて平家を追討するという噂が流れ、平家方が厳戒態勢をとると、今度は平家が比叡山を攻めるつもりだという噂が生じ、京も比叡山も混乱に陥った。

そうしたなか、一一八二(寿永《じゅえい》元)年九月に助長の弟城四郎助茂《すけもち》が反乱軍の鎮圧に向かう。本来ならば兄が討つはずであった木曾義仲が相手である。

四万余騎の軍勢を率いて信濃へと出陣した助茂軍は、千曲川《ちくまがわ》の横田河原《よこたがわら》に陣取った。いっぽう義仲の軍勢は、三千余騎に過ぎなかったが、義仲は奇策で対抗した。

奇策とは、まず軍勢を七手に分け、平家の赤旗を掲げながら接近していく。そして助茂軍が味方だと勘違いし、油断した隙に源氏の白旗に切り替えて突撃するという陽動作戦であった。

これがまんまと成功する。助茂軍は突然近くでとどろく鬨の声に浮き足立ち、総崩れとなった。戦いは義仲軍の圧勝に終わり、助茂は命からがら越後《えちご》(新潟県)に退却した。

◉平家を猛追する義仲軍

横田河原の合戦で惨敗した平家一門であったが、京ではこの敗戦をそれほど深刻には受け止めておらず、一一八二(寿永元)年十月、宗盛の内大臣昇進を祝う行事が華やかに催

『平家物語』小話

実は内紛だらけだった源氏一族

木曽義仲と源頼朝は、同じ源氏でありながら対立関係にあった。ふたりのあいだに軋轢《あつれき》が生じた原因については、諸説いわれている。『平家物語』には、頼朝に権限を要求して断られた源行家（ふたりの叔父にあたる）を、義仲が庇護《ひご》したことに原因があると書かれている。しかし別の説は、人一倍猜疑心《さいぎしん》の強かった頼朝が、義仲に覇権達成をかすめ取られるのではないかと恐れて彼を嫌ったと主張している。

こうした源氏の内紛は、実は珍くなかった。義家一門の内部分裂、頼朝と義経・範頼の兄弟対立など、一族間には内紛がいくつも見受けられる。そして内紛を繰り返したことで有力な後継者がいなくなり、結局は滅んでしまったのである。

された。翌一一八三（寿永二）年の新年の行事も例年通り行なわれた。

二月、宗盛は戦乱が続いていることを理由に内大臣を辞任したが、この頃になると京都、奈良の寺社はすべて源氏に同調していた。また、諸国へ送られる天皇や法皇の命令も、平家の命令と見なして従おうとしない者が後を絶たなかった。

そして三月、信濃から越前《えちぜん》（新潟県）までを支配下におさめた義仲は、いよいよ京に攻め上がる気配を見せる。途中、頼朝と仲違いをして、十万余騎の追討軍を差し向けられたが、それもどうにか切り抜けた。こうして平家一門は横田河原の合戦に引き続き、義仲の猛攻にさらされることとなったのである。

巻第七

倶利加羅峠の合戦

七万の平家軍を谷底へ突き落とした義仲の奇策

平家は義仲軍が京をめざしていると知り、兵を集めた。しかし、東日本は源氏に押さえられていたため、徴兵に応じたのは西日本の武将だけであった。

それでも平家軍は維盛、通盛《みちもり》を大将軍として、経正《つねまさ》、忠度《ただのり》、清房《きよふさ》、知度《とものり》を副将軍として義仲追討に向かった。まずは義仲を征伐し、その後で頼朝を討つという腹づもりであった。

一一八三（寿永二）年四月十七日に十万余騎で京を発った平家軍は途中、官軍の権威をかさに民家から物資を調達しつつ進軍する。越前（新潟県）では、義仲軍が待ち受ける火打《ひうち》が城を攻略。これに勢いを得て、加賀《かが》（石川県）にまで侵攻した。

五月八日、平家軍は加賀の篠原《しのはら》に勢揃いし、軍勢を二手に分けて義仲軍を待ち受けた。対する義仲は、五万騎を率いて出陣。両軍は五月十一日に砺波山《となみやま》（富山県）周辺で向かい合うこととなった。

平家軍十万に対し、義仲軍五万。兵力では太刀打ちできないと見た義仲は、一計を案じる。日が暮れてから攻撃を開始し、平家軍を倶利加羅谷《くりからだに》に突き落とそうというのだ。

夜が訪れるのを待つあいだ、義仲が辺りを見渡していると、近くに源氏の守護神である

❖倶利加羅谷から転落する平家の軍勢

義仲軍の大声に
圧倒された七万の
平家軍は道を失い…
次々に
谷底へと
落ちていった

名場面を読む！

［原文］
馬には人、人には馬、落ちかさなり落ちかさなり、さばかり深き谷ひとつを平家の勢七万余騎でぞうめたりける。

［現代語訳］
馬には人、人には馬が落ち重なり、落ち重なって、たいそう深い谷を七万余騎の平家の軍勢で埋めてしまった。

八幡《はちまん》神社を見つけた。喜んだ義仲は家来に命じて戦勝祈願の文書を書かせ、神前に奉納《ほうのう》した。すると驚くべきことに、雲間から八幡の使いの山鳩《やまばと》が飛んできて、源氏の白旗の上を旋回した。まるで神が願いを聞き入れてくれたかのようであった。義仲は、これに大きな勇気を得た。

義仲軍は平家軍を岩山に囲まれた猿の馬場におびき寄せ、三方を自軍で固めた。そしていよいよ日が暮れると、平家軍の陣の前後から義仲軍がいっせいに鬨《とき》の声を上げた。大声に圧倒され、辺りが暗くて視界が利かない平家軍は大狼狽《ろうばい》して逃げ惑う。暗闇のなか、道を失った平家軍が逃げるところはただひとつ。前面の深い倶利加羅谷である。平家軍は次々と倶利加羅谷へと堕ちていき、深い谷が彼らの死骸《しがい》で埋め尽くされてしまうほどであった。大将軍の維盛らは、わずか二千余騎となって加賀に逃げ延びたものの、総勢十万余騎で戦にのぞんだ平家軍は、七万余騎を失うという大惨敗を喫したのである。

その後も義仲は叔父の源行家を助勢するなど快進撃を続け、五月二十一日には加賀の篠原にいた平家軍と激突。ここでも平家軍は大敗した。

◉比叡山も平家を見捨てる

義仲軍の圧倒的な勝利により、平家と源氏の戦いは源氏方優位の情勢となった。源氏に

『平家物語』小話

斉藤実盛が錦の直垂を着て戦った理由

倶利伽羅峠の合戦は平家軍の完敗に終わった。しかし退却する軍勢のなかで、ただ一騎奮闘した老武者がいた。斉藤実盛《さいとうさねもり》である。実盛といえば富士川の合戦の際、東国武士がどれほど強いかを平家軍に吹聴した人物であった。富士川では水鳥に怯えて逃げてしまったが、今回はここを死に場所と決め、大将軍の衣裳である錦の直垂をまとって討ち死にするまで戦った。

しかし、なぜ錦の直垂《ひたたれ》を身につけていたのか。それは実盛が越前の出身であったからだ。実盛にとって、北国は故郷。「故郷に錦を飾る」ために大将軍に許可を得たうえで錦の直垂をまとったのである。その最期はあまりに華々しいものであったため後世、世阿弥《ぜあみ》が能の作品にしたほどであった。

とって特に大きかったのは、比叡山が味方についたことである。

比叡山はもともと清盛をはじめとした平家と親しく、以仁王の謀叛の際にも平家方についていた。

だが、それからわずか数年後、比叡山内部では平家方を支援しないということで意見がまとまり、義仲に協力することを決めたのであった。

平家もやはり比叡山に協力を求める連名の書状を送っていたが、徒労に終わった。

北国《ほっこく》で壊滅的な打撃を受け、義仲軍の入京を目前にした平家にとって、比叡山の勢力が離れていくことは、衰退の運命を決定づけるものとなった。

巻第七

都落ち

源氏の強勢に屈し京都を落ち行く平家一門

倶利伽羅峠の合戦から約二ヶ月後の一一八三（寿永二）年七月十四日、平氏政権の中心地である六波羅に報せが届いた。義仲軍が比叡山と手を結び、まもなく京に攻め込もうとしているというのだ。また摂津、河内方面の源氏も同時に入京するつもりであるとも噂されたため、京は混乱に陥った。

平家一門は東からも西からも攻め寄せられ、もはや四面楚歌《しめんそか》の状態であった。二十二日には義仲追討軍が派遣されたが、今日、明日にも義仲軍が攻めてくるかも知れないなどと情報が錯綜《さくそう》し、追討軍は一度呼び戻された。

京で最終決戦を行なうか、それともいったん京を離れて体勢を立て直すか——。一門の運命にかかわる重大な選択を迫られた平家の総帥宗盛《むねもり》は、二十四日の夜、都落ちして軍勢を立て直す決意を固め、翌朝決行することにした。

しかし、ここで誤算が生じる。平家一門は安徳天皇、後白河法皇とともに都落ちするつもりでいたが、法皇は夜のうちに数名の側近を連れて御所から逃げてしまったのである。

法皇の逃走を知った平家一門や貴族は大きな衝撃を受けた。これまでは朝廷の実権を握

❖都を離れる平家一門

六歳の安徳天皇は
徳子に抱かれて
輿に乗り…
武者たちは
愛妻や子に別れを告げ
京を離れた

名場面を読む！

［原文］

或《あるい》は聖《せい》主《しゅ》臨《りん》幸《こう》の地なり。鳳闕《ほうけつ》むなしく礎をのこし、鸞輿《じんよ》ただ跡をとどむ。

［現代語訳］

これら焼き払われた邸宅のあるものは、かつて天皇の行幸された地である。その宮殿の門も、今はむなしく礎石を残すばかりであり、お召しになった御輿を乗せた跡だけが残っている。

る法皇の存在が、平家を官軍たらしめていた。しかし法皇が離れてしまえば、平家は朝《ちょう》敵《てき》に転じることを意味するからだ。

それでも都落ちは決行された。二十五日早朝、平家一門は自らの邸宅を焼き払い、六歳の安徳天皇を擁して京を離れていく。

◉平家一門、それぞれの別れ

物語は、この都落ちの際の平家一門の愛別離苦《あいべつりく》を描いている。

大臣級の人々が妻子を同伴したのに対し、重盛の嫡男維盛は一門の将来を悲観して、妻とふたりの幼子（六代《ろくだい》御前、夜叉《やしゃ》御前）を京に残すことにした。妻には、自分が戦死したとしても出家などせず、再婚して子供たちを無事に育ててほしいと言い残して旅立った。

清盛の異母弟忠度《ただのり》は、歌人の藤原俊成《としなり》のもとを訪れ、自作の和歌をこの世の名残《なごり》にと言って都落ちした。俊成も後々までそのことを忘れず、『千載和歌集《せんざいわかしゅう》』を編んだ際、忠度の歌を「詠み人知らず（匿名）」として収録している。また清盛の甥経正は、幼い頃に仕えた仁和寺《にんなじ》の守覚法親王《しゅかくほうしんのう》に別れを告げ、預かっていた青山という琵琶を返上した。

こうして一門のほとんどが都落ちに従ったが、なかには都に残った人もいた。

清盛の異母弟頼盛《よりもり》は一度は出立したものの、途中で思い直して都へ引き返す。頼盛の母

❖都を離れた平家一門の足どり

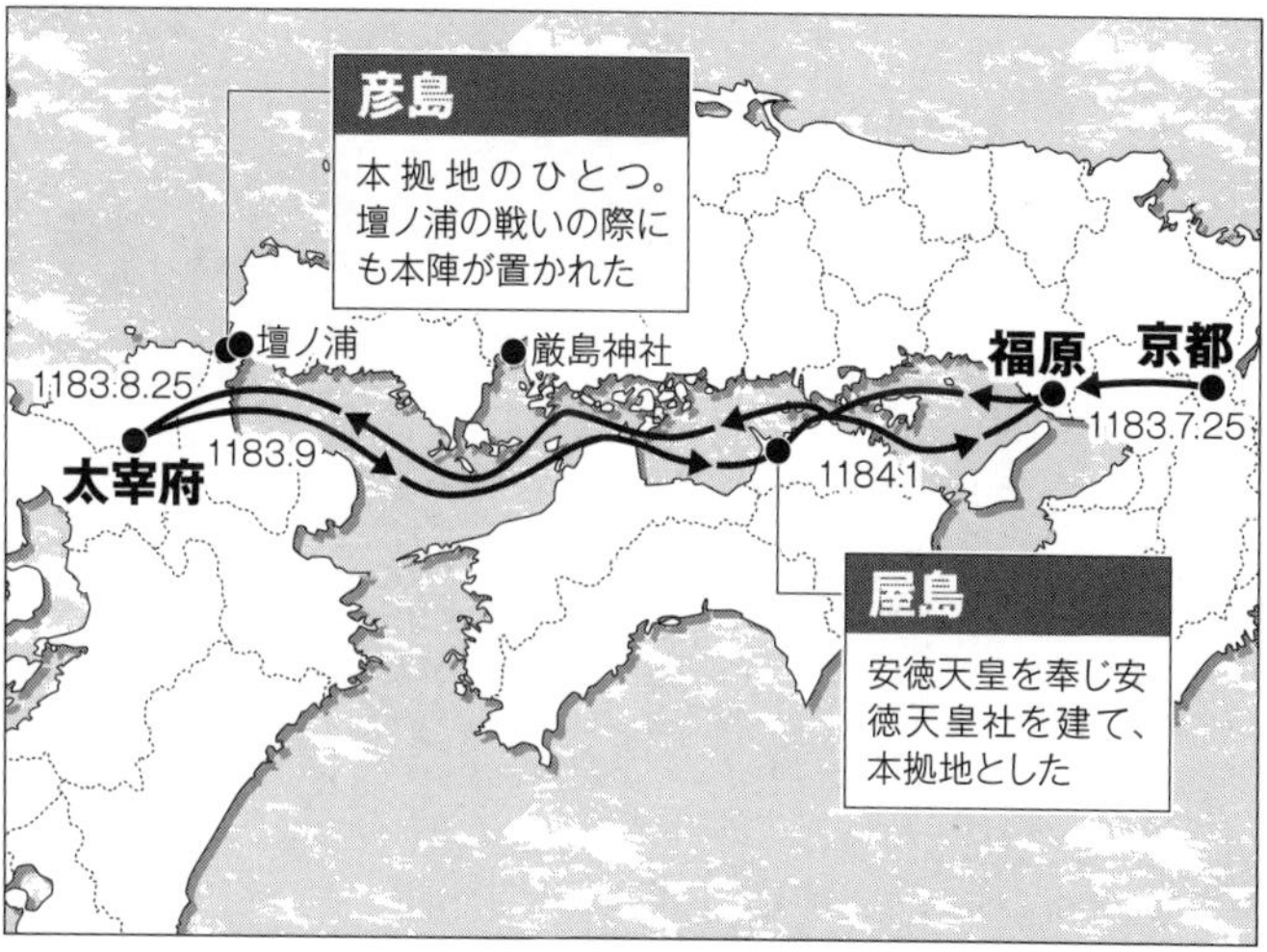
彦島
本拠地のひとつ。
壇ノ浦の戦いの際に
も本陣が置かれた
壇ノ浦
厳島神社
福原
京都
1183.8.25
1183.9～
太宰府
1184.1
1183.7.25
屋島
安徳天皇を奉じ安
徳天皇社を建て、
本拠地とした

池禅尼が頼朝の命の恩人であったため、頼朝を頼みに京に残ることにしたのである。清盛、重盛父子に仕えた平貞能《さだよし》は大坂で一門と行き会うが、都落ちに賛成できず、京に戻った。そこで重盛の墓を掘り返して遺骨を高野山におさめると、東国へ落ちていった。

　京を捨てた平家一門はその後、福原に集結した。かつて都として栄えた福原も、三年のあいだにすっかり荒れ果て、まるで今の平家の運命を暗示しているかのようであった。

　その寂《さび》れた福原で、宗盛は一致団結を訴え、運命をともにする覚悟を確かめた。そして一夜を明かすと福原にも火をかけ、船で西国をめざしたのである。

巻第八

義仲の絶頂

「朝日将軍」が都で迎えたただ一瞬の栄華

平家が都落ちすると、一一八三（寿永二）年七月二十八日に木曾義仲が五万余騎を率いて入京を果たす。御所から比叡山に逃れていた後白河法皇をともなっての都入りであった。法皇は京の街に溢れかえる源氏の白旗を横目にしながら、義仲と源行家に対して平家追討を命じる。また、平家一門に安徳天皇と三種の神器《じんぎ》の返還を要求したが拒否されたため、法皇は新しい天皇を立てることにした。

新たな天皇候補とされたのは高倉上皇の皇子、五歳の三宮《さんのみや》と四歳の四宮《しのみや》であった。三宮は、法皇が抱いたときに駄々をこねて泣いた。いっぽう四宮は人見知りすることなく、法皇の膝の上にまで上がってきたので、四宮を選んで帝位につけた。これがのちに承久《じょうきゅう》の乱で北条氏と対立し、隠岐島《おきのしま》に流されることになる後鳥羽《ごとば》天皇である。

この新帝誕生により、日本は京都と西国にふたりの天皇が存在するという事態に陥った。

続いて八月十日に義仲が「朝日将軍」の称号を授けられ、十六日には朝廷との交渉窓口となる平時忠ら三人を除き、平家一門の官職が解かれた。

ここに平家と源氏の運命は逆転した。ほんの数日前まで京で栄華を誇っていた平家一門

❖義仲一行の入京

倶利伽羅峠で
平家に大勝した
木曾義仲は
堂々と京に入った

名場面を読む！

［原文］
木曾五万余騎にて守護し奉る。…この廿《にじゅう》余年見えざりつる白旗の、今日はじめて都へ入る。

［現代語訳］
木曾義仲は五万余騎で（法皇を）守護し奉った。…この二十余年見られなかった白旗が今日はじめて京に入る。

は、朝敵として追われる身となり、諸国で息を潜めていた源氏が、平家に替わって天下を取ったのである。

その頃、平家一門は九州へと向かっていた。八月十七日には太宰府《だざいふ》（福岡県）に着いたが、平家恩顧の武士団でさえ、もはや平家のもとには集まってこなかった。

しかも、緒方維義《おがたこれよし》という豊後《ぶんご》（大分県）の武士に平家追討令が下った。高千穂明神《たかちほみょうじん》のご神体である大蛇の子孫として知られる維義は、九州の有力武士団をすべて服従させるほどの剛勇で、頼朝の挙兵を機に平家方から源氏方へと鞍替《くらが》えしていた。その維義が三万余騎の軍勢で攻めてきたのである。

平家一門は勝ち目がないと悟り、大慌てで太宰府を脱出し、海岸沿いに宗像《むなかた》（福岡県）まで逃げた。ようやくたどり着いた山鹿《やまが》（熊本県）の城も追われ、さらに豊前《ぶぜん》（福岡県）の柳ヶ浦《やなぎがうら》から海に漂う。先の見えない逃避行のさなか、重盛の三男清経《きよつね》は絶望のあまり入水自殺《じゅすい》を遂げた。

こうして彷徨《ほうこう》を続けた平家一門は、ようやく安住の地を見つける。四国・讃岐《さぬき》（香川県）の屋島《やしま》である。しかしながら、屋島に安徳天皇が住めるような場所はなく、百隻の船に分乗して、仮の皇居と定めた波の上に漂うことになった。

『平家物語』小話

「田舎者！」と義仲を嘲笑した都人

義仲は横暴・無作法であったがため、京の人々の人気を得られなかったと『平家物語』は述べている。言葉遣いや立ち居振る舞いがことごとく粗野で、田舎者丸出しであったというのだ。

たとえば、猫間《ねこま》中納言《ちゅうなごん》光隆《みつたか》という人物が義仲との面会に訪れたとき、義仲は「猫間殿《ねこまどの》」と言わず、田舎訛《なま》りで「猫殿《ねこどの》」と言い続けた。牛車《ぎっしゃ》の乗り方もよく知らなかった。牛飼いが鞭《むち》を当てて車が加速すると、車内につかまるところがあることを知らずにひっくり返ってしまう。また、牛車はうしろから乗って前から降りるのがマナーと教えられても、強引にうしろから降りたりして人々の笑いの種になった。美男子であったことも、こうした粗相をより際立たせてしまったのかもしれない。

◉高まりゆく頼朝人気

さて、期待されて京に迎えられた義仲であったが、その評判は何日もしないうちに地に落ちた。横暴な振る舞いと、無作法さが都人から疎まれたのだ。

逆に評価を高めていたのが、鎌倉にいる源氏の嫡流頼朝である。頼朝は言動といい、所作といい、源氏の棟梁にふさわしい風格と威勢を備えていた。十月十四日には征夷大将軍《せいいたいしょうぐん》の院宣を鎌倉で受け取り、京で義仲が身勝手な行ないをしていると非難の声を上げた。

これ以降、物語は平家と源氏の対立を主軸としながらも源氏の内部抗争、それに後白河法皇ら貴族の思惑をも描き出していく。

巻第八

水島の合戦

平家水軍が貫禄を見せつけた西海での殲滅戦

屋島に落ち着いた平家一門はその後中国、四国地方の十四カ国を支配下に置き、瀬戸内海を掌握するまでに勢力を回復した。そんな平家に対し、義仲が追討軍を派遣する。

義仲軍と平家軍が相対したのは一一八三（寿永二）年閏十月一日、備中（岡山県）水島《みずしま》でのことであった。

矢田義清《やだよしきよ》を総大将とする七千余騎の義仲軍が水島に着くと、清盛の四男知盛と甥教経が率いる千余艘の平家軍が海上に現れる。

ここで平家軍は教経の指示に従い、実に巧妙な戦術をとった。その戦術とは船を互いにつないで板を渡し、自由に船上を移動できるようにするというものだ。船が揺れればねらった的も外れるが、船間に板を渡せば平家の軍勢はその上を平地のように動くことができ、矢も射やすくなる。これが奏功し、矢田は平家軍の矢の雨を浴びて水中に転覆。大将を失った義仲軍は惨敗を喫した。海賊の平定など、海戦を得意としてきた平家の水軍能力が発揮された瞬間であった。

連戦連敗であった平家軍は、久々の勝利に気勢を挙げた。いっぽう、敗戦の報せを受け

❖平家軍を大勝に導いた教経の戦術

平家軍は
船と船をつなぎ
板を張った

そのうえを
自由に動きながら
矢を射て
源氏軍を次々と
討ち取った

名場面を読む!

［原文］

千余艘が艫綱《ともづな》、舳《へ》綱《づな》をくみあはせ、中にむやひをいれ、あゆみの板をひきわたしわたいれば、舟のうへは平々たり。

［現代語訳］

千余艘の舟の船尾の綱と舳先の綱を結び、船と船をつなぎ合わせて歩板を次々に架け渡していったので、船の上は平になった。

た義仲は、自ら一万余騎を率いて反撃に出る。

義仲の軍勢のなかには妹尾兼康《せのおかねやす》という備中出身の武士がいた。兼康はもともと平家方の武士で、倶利伽羅峠の合戦の際、義仲の捕虜となっていた。その兼康が義仲軍に手痛い一撃を食らわせる。兼康の作戦は次のようなものであった。

まず義仲配下の倉光成氏《くらみつなりうじ》に、自分の領地を案内すると言って、隊に先んじて同行した。その途中、迎えにきた息子とともに成氏を酒に酔わせ、彼を討ち取ったのだ。さらに地元の老兵二千余騎を集めて、源氏を襲撃した。

一杯食わされたと気づいた義仲は、義仲四天王のひとり今井兼平《いまいかねひら》の軍勢をただちに差し向けた。ところが兼康の砦周辺は深い田で、馬が思うように進めない。それでも多勢に無勢、兼平軍は倒れた人馬を乗り越えて兼康らと激闘を繰り広げ、ついに攻め破った。

兼康は落ち延びようと一度は逃げたが、太っていて動けない息子を前線に助けに戻ったところを敵に討たれて戦死した。

●室山の合戦でも平家が勝利

その後、義仲は備中で屋島攻略の準備を進めた。と、そこへ叔父の源行家が京で義仲を中傷しているとの通報が飛び込んでくる。義仲と行家は入京時から処遇の差をめぐって不和であったが、それが表面化したのだ。

　義仲は急ぎ京へ戻る。いっぽう行家は危険を察し、義仲とすれ違うように西へと下っていく。そして播磨《はりま》（兵庫県）の室山《むろやま》で知盛が率いる二万余騎の平家軍にわずか五百余騎で突撃を試みた。平家と戦えば、義仲と和解できると踏んだのだ。

　このとき平家軍は五段構えであった。行家軍は難なく四段を打ち破り、知盛のいる五陣に迫った。しかし、行家軍は次第に平家の大軍に包囲され、劣勢に陥る。それでも行家は奮戦し、味方をほとんど失いながらも、河内へと逃げ延びた。

　水島の合戦に続く室山の合戦の勝利によりさらなる勢いを得た平家は、京奪還の機会をうかがうまでに復活していた。

『平家物語』小話

平家の絆は源氏と違っていつも盤石？

　内紛を繰り返す源氏と異なり、平家は一族の結束が固かったとされているが、それは事実なのであろうか。

　答えは否である。清盛の嫡男重盛が父に先んじて亡くなると、三男宗盛が平家の総帥となったため、重盛の子供たちが浮いた存在になってしまった。そして源平合戦の最終局面までに内部分裂してしまったのである。

　重盛の嫡男維盛は、都落ち後に一門からひとり離れて自殺した。六男忠房も屋島の合戦後にひそかに陣を抜け出している。頼朝を頼って都落ちに従わなかった清盛の弟頼盛の例もある。

　たしかに全体的な傾向としては平家の結束は固かった。しかし、いつも固かったわけではなく、ほころびも見せていたのだ。

巻第八

法住寺の合戦

四面楚歌の義仲がおかした「平家を超える悪行」

平家一門が屋島で勢力をもり返していた頃、京では義仲軍に対する非難の声が高まっていた。義仲軍は規律が甘く、乱暴狼藉を重ねていたからだ。

たとえば民家に押し入って家財を掠奪《りゃくだつ》したり、街行く人の持ち物を奪って衣類をはぎ取ったり、田圃《たんぼ》から青田を勝手に刈り取るなど、義仲軍はやりたい放題であった。「これなら平家の時代のほうがまだよかった」と文句をいう人までいた。

あるとき、後白河法皇は義仲軍の乱暴狼藉を止めさせるため、義仲のもとへ平知康《ともやす》という使者を遣わした。彼は鼓の名手で、「鼓判官《つつみほうがん》」と呼ばれていた。ところが、義仲は知康の諫言に従うどころか、「鼓判官と呼ばれるのは鼓のように張られたからか、打たれたからか」と嘲笑《ちょうしょう》する始末。

これを恨んだ知康が法皇に義仲追討を進言すると、法皇は比叡山と園城寺に協力を要請した。貴族たちも町のならず者、浮浪者などを集めて戦闘の準備に入った。

こうして義仲をめぐる状況は、困難なものになっていく。

西では平家が勢力を回復して虎視眈々《こしたんたん》と京奪回を狙っている。東からは法皇の信頼の篤

❖義仲がおかした狼藉の数々

皇位継承への口出し
皇族間の意に反して、以仁王の遺児北陸宮《ほくりくのみや》を次の天皇に推挙した
兵士の横暴を許す
義仲軍の兵士たちが京都の人々の身ぐるみを剥いだり、家財を盗んだ
御所を襲撃する
後白河法皇が暮らす法住寺殿を襲撃し、法皇を捕えて幽閉した
皇位を望む
自ら天皇の位につくことを望み、無理だとわかると関白の座を欲した

い頼朝の軍勢が入京するとの噂が届く。さらに京では民衆から反感をかったばかりか、後白河法皇や公卿に信頼されず、ついには法皇から追討命令を出されてしまった。

四面楚歌となった義仲はさすがに焦ったのか、家臣の今《いま》井《い》兼平《かねひら》の制止を振り切り、一一八三（寿永二）年十一月十九日、法皇の御所法住《ほうじゅう》寺《じ》殿《どの》を攻撃するという暴挙に出た。ここに義仲軍と後白河法皇軍の戦いが勃発したのである。

義仲軍は七千余騎と少数ながら、精鋭ばかりが揃っており、七手に分かれて攻め込んだ。今井兼平によって御所に火がつけられると、法皇軍の指揮をとった知康が一番に逃げ出し、二万の軍勢も蜘蛛の子を散らすように慌てて逃げ出した。

戦いはあっけなく終わった。法皇軍は混成部隊であったことが仇《あだ》となり、天台座主明雲や園城寺の管長など六百人以上が討たれた。さらに法皇と天皇の身柄も拘束された。

◉平家、頼朝、義仲による天下三分の情勢

法住寺の合戦の翌日、義仲は閣僚や高官を四十九人も罷免《ひめん》した。人々はこれを「平家を超える悪行」と非難した。いっぽう、この一件を使者から伝え聞いた頼朝は、冷静な態度を保ったまま、軽率な行動をとった知康を戒めた。

傍若無人な義仲と、冷静沈着な頼朝。このふたりの態度の違いを見ると、義仲のほうが分が悪いのは明らかであった。

それでも京で全権を掌握した義仲は、関東の頼朝、中国・四国の平家に挟まれた状況を打破するため、平家と手を結んで、ともに鎌倉を攻め落とそうと考える。しかし平家方は反意を示し、義仲からの申し入れを拒絶した。

その結果、西国は平家、東国は頼朝、京は義仲がそれぞれ支配する天下三分の情勢となる。十二月に入ると法皇の幽閉は解かれたが、京で流通の悪化にともなう食糧難が起こるなど、平安が訪れぬまま新年を迎えることとなった。

❖法皇の軍勢を圧倒する義仲軍

義仲軍は
僧兵中心の
法皇軍を圧倒
ついには
法皇の御所にまで
迫った

名場面を読む！

［原文］

木曾其勢七千余騎、馬の鼻を東へむけ、天も響き大地もゆるぐ程に、時をぞ三ケ度つくりける。

［現代語訳］

木曾義仲の七千余騎の軍勢は、馬の鼻を東へ向け、天も響き、大地も揺らぐほどに鬨の声を三度上げた。

巻第九

宇治川の合戦

頼朝と義仲による源氏一族間の一大決戦

京で全権を握る義仲、その義仲軍の鎮圧をねらう東国の頼朝、そして京の奪回を企てる西国の平家——天下三分の情勢は日増しに深刻さを増し、一触即発《いっしょくそくはつ》の様相を呈していた。この三つ巴《どもえ》の争いのなかから、まず義仲と頼朝が激突することとなる。

一一八四（寿永三）年正月十三日、義仲が平家追討のため西国へ出発しようとしていた矢先、急報が入った。なんと頼朝が義仲追討のために、範頼と義経を大将軍とした六万余騎の大軍を京に差し向け、すでに美濃（岐阜県）、伊勢（三重県）にまで迫っているというのである。

義仲はただちに京への入口に位置する瀬田《せた》の橋へ、今井兼平に八百余騎をつけて遣わし、宇治橋へは仁科《にしな》、高梨《たかなし》、山田《やまだ》以下の五百余騎馬を向かわせた。

正月二十日過ぎには、宇治川を挟んで義仲軍と義経軍が対峙したが、両軍の衝突の前に、先陣を争うふたりがいた。義経軍の梶原景季《かじわらかげすえ》と佐々木高綱《ささきたかつな》である。

景季は「する墨《すみ》」、高綱は「いけずき」という頼朝から授かった名馬に乗っていた。この名馬をめぐって、ふたりのあいだにいざこざが生じる。実は景季は鎌倉を出発する際、

❖宇治川での攻防

頼朝軍からは佐々木高綱と梶原景季が先陣を切る

義仲軍は弓矢で懸命に防戦した

名場面を読む！

［原文］
木曾殿の方より宇治橋かためたる勢ども、しばしさゝへてふせぎけれども、東国の大勢みなわたいてせめければ、散々にかけなされ…

［現代語訳］
木曾殿に派遣されて宇治橋を守っていた軍勢は、しばらくは防ぎきったものの、東軍の大軍がみな川を渡って攻めてきたので、ちりじりに打ち破られ…

頼朝にいけずきを所望していたのだが、頼朝は「いけずきは、いざというときに私が乗る馬だ」と言ってする墨を与えた。ところが後日、頼朝はいけずきを高綱に与えていたのだ。

行軍中、事実を知った景季は怒りに燃え、高綱と刺し違えて頼朝に痛手を与えようと試みる。景季が高綱に「その馬はどうした」と問いつめると、高綱は咄嗟《とっさ》に「どうしてもほしくて盗んでしまいました」と答えた。あえて、盗んだと答えたのだ。この機転の効いた答えに、景季は太刀を抜くのをやめ、ふたたび戦場に向かった。

宇治川では義仲軍が橋板をはずし、川底に杭《くい》で大綱を仕掛けて渡河を阻止しようとしていたが、景季と高綱は怯むことなく果敢に飛び出していく。急な流れのなか、高綱は「馬の腹帯がゆるんでいる」と景季を油断させた隙に、川底の大綱を太刀で切りながら馬を進めた。そして見事に先陣争いを制し、大声で名乗りを上げたのである。

ついで畠山重忠《はたけやましげただ》率いる五百余騎が、その後さらに全軍が渡河に成功すると、義経軍は宇治橋を守っていた義仲軍を撃破。後白河法皇の御所に駆けつけた。

◉義仲の非業の最期

義仲は命運が尽きたことを悟った。しかし、一緒に死のうと約束していた乳兄弟の今井兼平の安否が気にかかり、敵を蹴散らしながら、兼平が戦っている瀬田に向かった。

『平家物語』小話

腕自慢の超絶美人、巴御前のその後

義仲の愛妾《あいしょう》巴は義仲の育ての親、中原兼遠《なかはらかねとお》の娘で、今井兼平の妹に当たる。女性ながら武芸に秀でており、宇治川の合戦における勇敢な戦いぶりが評価され、歴史に名をとどめることになった。だが、義仲と別れた巴のその後は謎に包まれている。

一説によれば、巴は頼朝の命令で鎌倉に出頭して、剛勇で知られる和田義盛《わだよしもり》の妻になった。そして朝比奈義秀《あさひなよしひで》を生み、義盛と義秀が北条氏に討たれた後、越中《えっちゅう》（富山県）石黒に赴いて出家し、９１歳の長寿をまっとうした。また、越後（新潟県）に住んで尼となり、そこから嵯峨往生院内の紫雲庵に住んだともいわれている。武勇伝の持ち主とは思えぬ美人であったと噂されるだけに、彼女の末路を気にかける人は今も多い。

途中、兼平と再会したが、味方はもはや屈強な女武者巴《ともえ》（義仲の愛人）など七騎しか残っておらず、義仲はいよいよ覚悟を決める。

義仲は巴を説得して東国へ逃げさせると、兼平と主従ふたりで最後の決戦に挑んだ。

義仲は自害するために粟津の松原へ駆け入ったが、事に及ぶ前に名もない武士に矢を射られ、首を掻き斬られてしまう。無念の最期であった。それを知った兼平も自害を遂げた。

かつて「朝日将軍」ともてはやされた義仲の時代は、こうして終焉を迎えた。その末路は同族である源氏に追われるという哀れなものであった。

巻第九

六箇度の合戦

平家完全復活の狼煙となった猛将・教経の奮闘

義仲と頼朝が内紛に明け暮れているあいだに、平家は着々と勢力を回復し、四国の屋島からかつての都、福原の一ノ谷に本拠を移した。

一ノ谷は北側と西側が切り立った山、南は海に囲まれており、敵は東側からしか攻めることができない。まさに天然の要害《ようがい》である。平家がここに城塞を構えると、四国や九州から十万余騎もの武士が集結してきて、平家の赤旗が空に火炎のように燃え上がった。平家の勢いは完全に復活し、京奪回も夢ではないように思われた。

四国の武士を中心に源氏に寝返る者もいたが、平家軍はそれらをことごとく粉砕する。この六箇度《ろっかど》の合戦と呼ばれる一連の戦いで、獅子奮迅《ししふんじん》の活躍を見せたのが、平家随一の猛将《もうしょう》として知られる教経《のりつね》だ。

源氏への服従の印《しるし》に一戦交えようと戦いを挑んできた阿波、讃岐の武士たちに対し、教盛は嫡男通盛とともに立ち向かい、あっさりと退却させた。淡路にいた源氏の大将も、教経が撃退。西国の反平家の急先鋒である伊予《いよ》（愛媛県）の河野通信《こうのみちのぶ》が安芸（広島県）の沼田次郎《ぬまたじろう》と連合して攻めてきたときも、教経の活躍で退けた。さらに教経は、かつて九州

❖再び勢いづく平家の軍勢

九州・四国の兵たちが
福原に集まり
平家は勢力を回復する

反勢力は
平教経が
次々と平定して
いった

名場面を読む！

[原文]
たかき所には赤旗おほくうちたてたれば、春風にふかれて天に翻《ひるがえ》るは、火炎のもえあがるにことならず。

[現代語訳]
（平家軍は）高い所に多くの赤旗を打ち立てたので、春風に吹かれて天空に翻るさまは燃え上がる火炎のようであった。

で煮《に》え湯《ゆ》を飲まされた豊後（大分県）の緒方維義さえも打ち破ったのである。

こうして瀬戸内各所に点在する反平家勢力を抑え込んだ教経は、「もはや討つべき敵はない」と意気揚々と福原に凱旋した。平家一門の首脳陣は歓喜にわいた。

◉三草の合戦で見せた義経の夜襲

いっぽう源氏方も、義仲を成敗すると、すぐさま平家追討の準備に入る。

一一八四（寿永三）年正月二十九日、頼朝の命を受けた範頼《のりより》と義経《よしつね》が後白河法皇に出陣の報告に出向いたところ、法皇は三種の神器を必ず取り戻すよう命令した。

三種の神器は、皇位の正統性を示すあかし。歴代の天皇がみな三種の神器を継承することで天皇の地位に就いてきたことから、神器を持つ人物こそが正統の天皇と考えられてきた。しかし、三種の神器は都落ち以来、平家が擁する安徳天皇のもとにあったため、京と西国にふたりの天皇が存在するという異常な事態を引き起こしていた。

法皇は幽閉を解かれた後、後鳥羽天皇を第八十二代天皇に定め、平家方に神器を返すよう使者を送っていたが、平家一門の首脳陣は返そうとしなかった。そこで法皇は範頼と義経に平家を討ち、三種の神器を奪い返すよう命じたのである。

法皇から院宣を得て官軍となった源氏は、いよいよ平家追討へと向かう。二月四日、範

❖皇位の正統性を示す三種の神器

ニニギの神が天孫降臨の際、
アマテラスから授かったとされる３つの宝物

◎神鏡

イシコリドメがつくった神鏡。天岩屋戸《あめのいわやと》に籠《こも》ってしまったアマテラスが岩戸を細く開けたとき、アメノコヤネらがこの鏡にアマテラスを映し出し、興味を持たせて外に連れ出した

◎神璽

タマノオヤがつくった勾玉《まがたま》（装身具）。神鏡と同じく、アマテラスを天岩屋戸から連れ出すために使われた

◎宝剣

スサノオがヤマタノオロチを倒した際、その尾から出てきた剣《つるぎ》。のちにヤマトタケルが東征に出かけ、この剣で草を払い、危機を脱したことから草《くさ》薙《なぎ》の剣とも呼ばれる

頼は五万余騎を率いて出陣し、その日のうちに摂津に布陣。一万余騎を率いた義経は、後方に迂回して二日かかる道のりを一日で走り、播磨と丹波の境にある三《み》草山《くさやま》の小野原《おのばら》に到着した。つまり、源氏方は二方面作戦をとったのである。

　重盛の次男資盛《すけもり》を中心とする平家軍は三草山の西麓に布陣していた。夜になり、合戦は明日になるであろうと平家軍が休息をとっていると、義経軍は民家に火をかけ、夜襲を敢行。平家軍はたちまち大混乱に陥り、五百余騎が討たれ、資盛らは屋島へ脱出した。

　三草の合戦はこうして源氏の圧勝に終わる。それまで連戦連勝を続けていた平家にとっては、手痛い敗戦となった。

巻第九

一ノ谷の合戦

平家軍を大混乱に陥れた天才軍師・義経の奇襲

三草の合戦で敗れた平家一門の総帥宗盛は、源氏軍が一ノ谷に進攻してくるという報せに驚き、頼みの綱である教経に山の手側を固めるよう命じた。

一一八四（寿永三）年二月五日、いつ攻められるのかと平家軍が戦々恐々とするなか、大手の範頼軍は生田《いくた》の森に近づいていく。いっぽう、義経は自軍を二隊に分け、七千余騎の土肥実平《どいさねひら》の部隊を一ノ谷の西口へまわした。そして自らは二月六日明け方、残り三千余騎を率いて一ノ谷の背後に位置する鵯越《ひよどりごえ》をめざした。

一ノ谷の合戦がはじまったのは、その日の夜であった。義経隊に属していた熊谷直実《くまがいなおざね》・直家《なおいえ》父子と平山季重《ひらやますえしげ》が夜陰に乗じて隊から抜け出し、土肥隊が待機している一ノ谷の城へ向かった。悪所の鵯越からでは一番乗りを果たすことができないと踏んだからである。

彼らの先陣争いは凄まじく、直家が喚声を上げて攻め立てれば季重が続き、負けじと直実が攻め駆けた。そのうち土肥軍も喚声を上げ、本格的な戦闘がはじまった。

生田の森に布陣する範頼軍からは、馬すら持たない武蔵《むさし》（東京都）の河原《かわはら》太郎《たろう》・次郎《じろう》兄弟がふたりで敵陣に斬り込み、討ち死にを遂げる。これがさらなる激戦のきっかけとなっ

❖一ノ谷の合戦までの源氏軍の進路

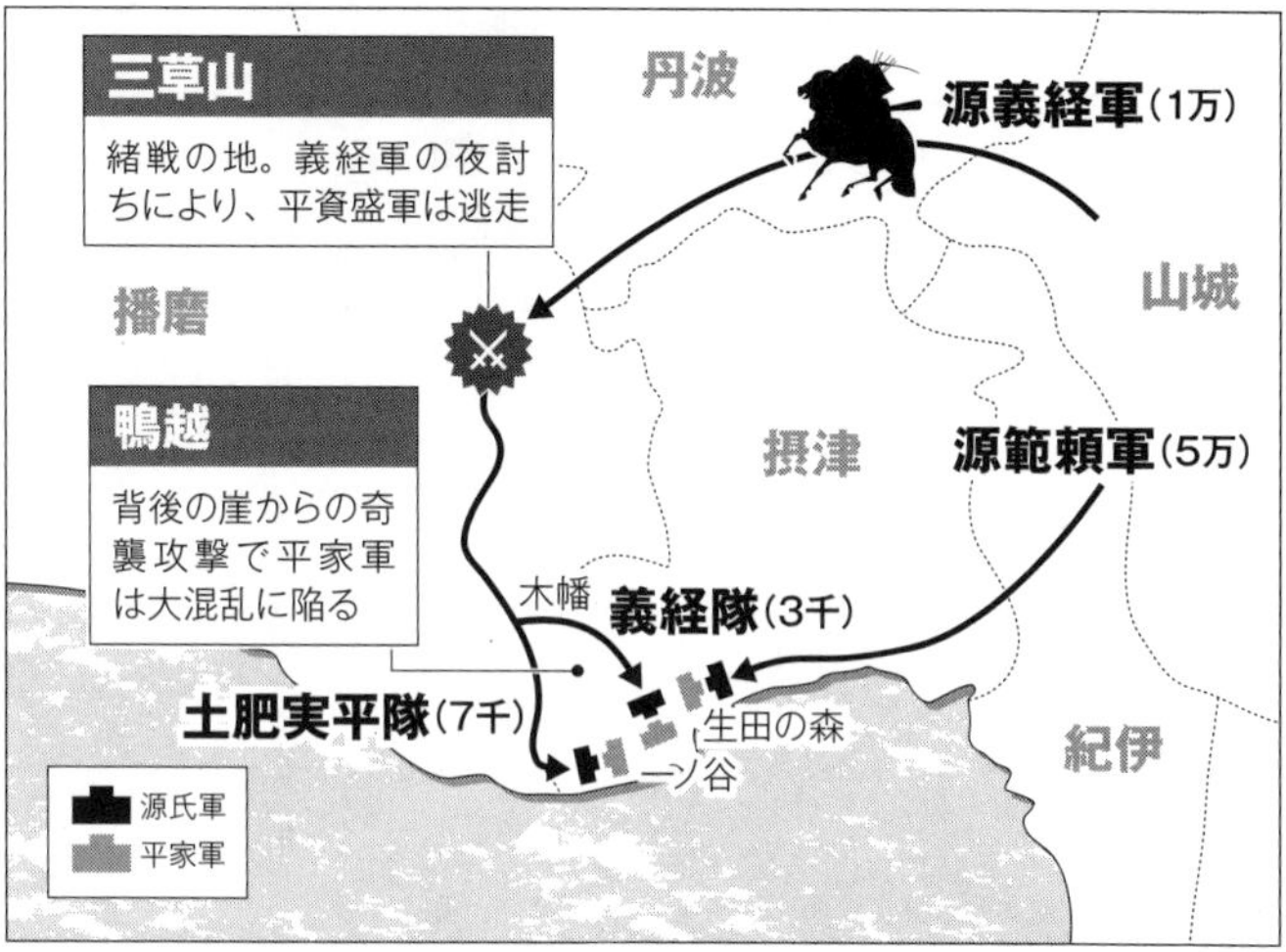
三草山
緒戦の地。義経軍の夜討ちにより、平資盛軍は逃走
丹波
源義経軍(1万)
山城
播磨
鴨越
背後の崖からの奇襲攻撃で平家軍は大混乱に陥る
摂津
源範頼軍(5万)
木幡
義経隊(3千)
土肥実平隊(7千)
生田の森
一ノ谷
紀伊
源氏軍
平家軍

た。

特に奮闘したのは梶原景時《かげとき》で、息子景季を救出するため、二度も敵陣に取ってかえした。これは「梶原の二度駆け」と呼ばれている。

◉鴨越の坂落とし

戦局は一進一退を繰り返したが、生田の森では平家軍が幾分か押していた。ここで形勢を一気に変えたのが、義経であった。

二月七日の明け方、三千余騎の義経隊は鴨越に到着する。眼下にははるか平家軍の本陣である一ノ谷の城が見え、源氏と平家の攻防を確認できた。しかし、城へと通じる道はなく、加勢するには切り立った崖を駆け下るしかない。

義経はしかし、怯《ひる》まなかった。普段、野生の鹿が崖を降りていくことを知った義経は、「鹿が降りられるのに馬が下りられないはずはない」と断言。試しに無人の馬三頭を追い落とし、二頭が無事に駆け下りたことを確認すると、「乗り手が注意すれば大丈夫だ。私に続け！」と崖を降りていく。義経の後には三千騎が続き、人馬もろとも怒涛《どとう》の勢いで一気に急な崖を駆け降りた。前代未聞の奇襲、鵯越の坂落としである。

義経隊の鬨の声は山々に反響して、まるで十万の大軍のように響いた。そして一ノ谷の城に着くと、義経隊は平家の館に次々と火を放った。

平家軍は、背後から思いがけずに攻め込まれたからたまらない。もはや慌てふためくどころの騒ぎではなく、戦意を失い、いっせいに海をめざして逃げ出した。

平家軍の多くは船に乗って逃げようとしたが、われ先にと船に乗り込んだことから、定員超過で沈没する船が続出。また先に船に乗り込んだ者が、あとから乗ろうとする者を斬りつけるなどしたため、海岸は血に染まった。歴戦の勇将教経も、四国の屋島へと敗走することとなった。

先の三草の合戦に続き一ノ谷の合戦でも源氏方が勝利した。多くの武将を失った平家一門はいよいよ苦しくなっていく。

❖鵯越の坂落としを敢行する義経隊

義経隊は
本陣裏手の
鵯越の崖上から
馬を駆り
一ノ谷の城に
火をかけた
ザザ
ザザ
ザザ

名場面を読む！

［原文］
えいえい声をしのびにして、馬に力をつけておとす。…おほかた人のしわざとはみえず、ただ鬼神の所為とぞ見えたりける。

［現代語訳］
えいえいというかけ声をひそかにかけて、馬を励ましながら下っていく。…まったく人間業とも見えず、ただ鬼神の仕業かと思われた。

巻第九

平家の敗戦

一ノ谷で敗れた武将たちの無惨な最期

一ノ谷の戦いでは平家一門の多くの武将たちが捕えられ、討ち取られた。物語は、ここから平家の人々の無残な最期を述べていく。

教盛らとともに山の手を固めていた侍大将盛俊《もりとし》は、討ち死にを覚悟して関東の怪力武士猪俣則綱《いのまたのりつな》に戦いを挑んだ。いったんは則綱を組み伏せたが、「生け捕りにしたものをわざわざ殺すこともなかろう」という則綱の口車に乗せられ、油断したところを逆に討ち取られてしまった。

盛俊とは逆に、敵をだまそうとして見抜かれたのが、一ノ谷西陣を守っていた清盛の異母弟忠度である。忠度は平家軍が総崩れになると、百余騎を従えて退却を試みた。途中、岡部《おかべ》忠澄《ただずみ》という武士に行き会うと、家来たちはみな逃げ失せ、たったひとりで忠澄と対峙した。忠度は「私はお主の味方だ」と偽る。しかし、平家の公達《きんだち》特有のお歯黒を見咎められ、嘘がばれてしまう。その後組討となり、忠度は忠澄を組み伏せたが、忠澄の従者に右腕を切り落とされてしまった。

清盛の五男重衡は、信頼する家臣に見捨てられた挙句に捕えられた。生田の森で副将軍

❖敗軍の将たちの末路

平盛俊	▶猪俣則綱のだまし討ちにより、戦死
平忠度	▶岡部忠澄に右腕を斬り落とされ、自害
平重衡	▶庄四郎高家に押さえられ、生け捕りにされる
平知盛	▶息子の犠牲によって一命を取りとめる
平敦盛	▶熊谷直実に討ち取られ、戦死
平師盛	▶船が沈んでしまい、首を斬られて戦死
平経正	▶河越重房に討ち取られ、戦死
平通盛	▶佐々木俊綱に討ち取られ、戦死

をつとめていた重衡は、乳母子《めのとご》の後藤盛長《ごとうもりなが》とともに主従二騎で退却していた。しかし、重衡の馬が源氏方の梶原景季らに射られると、あろうことか、盛長は主君を見捨てて遁走《とんそう》をはかる。重衡は自害を試みたものの捕えられ、身柄を拘束された。後日、主君を裏切った盛長が非難されたのはいうまでもない。

清盛の四男知盛は、息子知章《ともあき》の犠牲によって一命を取りとめた。しかし、自分の身代わりとなって討ち死にした知章を思い、わが身を恥じて号泣した。

◉美少年敦盛の最期

そして物語の哀話のなかで、最も涙を誘うのが美少年敦盛《あつもり》の最期である。

敦盛は清盛の異母弟経盛の子で、当時十六歳ながら一ノ谷西陣で戦っていた。平家軍の敗戦が決定的になると、敦盛は海から逃げようとしたが、源氏方の熊谷直実に「敵に後ろを見せるのは卑怯《ひきょう》だ」と呼びとめられる。

直実は非力な敦盛を難なく馬から引き摺り下ろし、首を取ろうとして顔を見た。そこで直実は、敦盛が自分の息子直家と同じくらいの歳の少年であることに気づく。「私は自分では名を名乗らない。首を取ってから他人に聞いてみよ」という敦盛の堂々とした態度を目の当たりにし、直実は何とかして助けたいと思う。

しかし、背後には源氏が迫っていた。いずれにせよ、敦盛は助からないと悟った直実は、せめてこの手で討ち取って供養してやろうと、泣く泣く若武者の首を掻き斬った。

その後、敦盛の首を包もうとしたとき、彼の腰に錦の袋に入った横笛を見つけ、直実はまたもや涙した。敦盛は笛の名手であり、その横笛は祖父の忠盛が鳥羽上皇から下賜《かし》されたものであった。この一件がきっかけとなって、直実は武士の道を捨てて出家する意思を固めた。

このほか、味方の兵を船に乗せようとして船が転覆し、敵に首を斬られた師盛《もろもり》、自害しようとしたところを敵に打たれた通盛など、平家一門からは二千人以上の戦死者が出た。悲劇に見舞われた平家一門は、その後も悲劇を積み重ね、流転を続けていくのである。

❖熊谷直実と平敦盛

お命頂戴
いたす
そなた少年か
わが息子直家と
同じ年頃…
わしは息子の
負傷さえ心配なのに
この子が死んだと
知れば　この子の
父親はどれほど
悲しむだろう
どうした
なぜ
首をはねぬ
そなたのような
子供の首は
打てぬ…

名場面を読む！

［原文］
熊谷あまりにいとほしくて…前後不覚におぼえけれども、さてしもあるべき事ならねば、泣く泣く頸をぞかいてげる。

［現代語訳］
熊谷は（敦盛）があまりにかわいそうで…前後の区別もつかなかったが、そのままでいるわけにもいかないので、泣く泣く首を斬った。

巻第九

重衡生捕

平家随一の名将が見せた名門一族としての気概と誇り

一一八四（寿永三）年二月十二日、一ノ谷で討たれた平家一門の首が京に入り、翌十三日には獄門《ごくもん》にかけられた。

これは、父祖の恥辱を晴らそうとする範頼と義経の意見による処置であった。源氏の武士が長槍《ながやり》の先に平家の人々の首を突き刺し、都大路《みやこおおじ》を行進していく光景は実に恐ろしいものであったが、何万人もの人々が大路に集まり、街中が興奮した。

十四日には生け捕りにされた重衡が、牛車の簾《すだれ》をはずされた状態で京を引きまわされた。人々はその哀れな姿に同情しつつも、「奈良の寺院や大仏殿を焼き払った報いに違いない」と囁き合った。

その後、重衡のもとに後白河法皇の使者が遣わされてきた。使者は重衡に対し、その身と引き換えに三種の神器を返すよう屋島の平家一門に手紙をしたためてほしいという。重衡は一門が交渉に応じるはずはないと思いつつ、母の二位殿時子（清盛の妻）と兄の宗盛に宛てて手紙を書いた。

手紙が屋島に届くと、さっそく会議が開かれ、宗盛をはじめとする平家一門の首脳陣が

❖京都に戻った平家一門の首

名場面を読む！

［原文］

帝闕《ていけつ》に袖をつらねしいにしへは、おぢおそるる輩《ともがら》おほかりき。巷《ちまた》に首をわたさるる今はあはれみかなしまずといふ事なし。

［現代語訳］

（平家が）宮廷に袖を連ねて仕えていた昔は、その権勢に怖じ恐れる人が多かった。しかし都大路に首を引き渡される今は、哀れみ悲しまない者はいなかった。

交換に応じるべきか否かを話し合った。しかし三種の神器と安徳天皇の存在は落ち目の平家にとって支柱であり、そう易々《やすやす》と神器を手渡すわけにはいかなかった。

二位殿は、泣きながら重衡を助けと欲しいと訴えたが、重衡の兄知盛は、「神器を返還しても重衡が助命される保証はなく、重衡ひとりのために平家一門の人々を犠牲にすることはできない」と反論。宗盛もその意見に賛同し、二月二十八日に朝廷に拒絶の意を示す文書を送ったのである。

◉師・法然上人との面会

一門の意向を知った重衡は大きく落胆する。そしてまもなく頼朝の命令で身柄を関東に送られることとなり、絶望感にさいなまれた。

もはや重衡に残されているのは、あの世での極楽浄土《ごくらくじょうど》を願うことだけであった。しかし、重衡には奈良の寺院を焼き討ちにした重い罪があり、その願いはかないそうにない。出家することも許されなかったため、重衡は法然《ほうねん》上人との面会を希望した。

法然上人は浄土宗《じょうどしゅう》の開祖であり、重衡は長年上人のことを師と仰いでいた。その上人との面会を認められた重衡は、まず奈良の寺院を炎上させた罪を懺悔《ざんげ》した。次に来世で極楽に往生する方法を問うと、上人は涙ながらに念仏の功徳《くどく》を説き、重衡の頭を剃るまねをして受戒した。

三月十日、重衡は梶原景時に連れられて鎌倉へ護送された。旅路の途中、重衡は自らの悪運を嘆きながら、子供がいないことに唯一の慰めを見出した。

やがて鎌倉に着くと、頼朝と対面する。重衡は敗軍の将という立場にあったが、毅然《きぜん》とした態度で接した。奈良の寺院を炎上させた罪を問いただされたときには、あれは不可抗力であったと弁解した。そして朝廷に尽くしてきた平家が一代で滅びる非を唱え、即刻の処刑を求め、あとはいっさい口を開かなかった。

この態度には並みいる敵将が感動し、重衡は手厚いもてなしを受けることとなった。

『平家物語』小話

平家一の色男、重衡を愛した女性たち

重衡は非常に魅力的な男性であったようで、『平家物語』には彼を慕う女性の話がいくつか掲載されている。

重衡には都落ちの際、何も告げずに別れた恋人がいた。捕われの身となった重衡がその恋人に手紙を出すと、彼女は手紙を抱きしめて泣きむせび、重衡が処刑されると出家してしまった。それほど重衡に対する想いが強かったのだ。

鎌倉に護送された重衡を手厚くもてなした千手《せんじゅ》という女性も重衡に惚れ込んだひとりである。千手は酒宴では朗詠や琴を奏で、誰でも極楽往生できるという今様《いまよう》を詠って重衡を慰めた。そして重衡が処刑されると、やはり出家して長野の善光寺《ぜんこうじ》で重衡の菩提《ぼだい》を弔ったと伝えられている。

巻第十

維盛の入水

無常の運命に押しつぶされた重盛の嫡流の哀れな自死

重衡が鎌倉に送られたという報せを受け、屋島の平家一門は絶望感に打ちひしがれた。そのなかには病気のために一ノ谷の合戦に参戦できず、屋島で療養していた重盛の嫡男維盛（重衡の甥）もいた。

維盛の気がかりは自分の家族であった。都落ちの際、京に残してきた妻子のことが心配でたまらず、使者に手紙を届けさせた。その手紙の内容は、みなを屋島に迎えてともに死にたいが、やはり道連れにすることはできないというものであった。維盛はもはや平家に再起の望みはなく、どうにもならない身の上だと悟っていたのだ。

やがて使者が妻子からの返事を持ってくると、維盛はついに屋島を離れる決意をし、一一八四（寿永三）年三月十五日、与三兵衛重景《しげかげ》、石童丸《いしどうまる》、舎人武里《とねりたけさと》という三人の従者を引き連れて、紀伊《きい》（和歌山県）へと向かう。

紀伊からそのまま京へのぼりたい気持ちもあったが、入京すれば捕えられて叔父の重衡と同じような運命をたどるであろうと思い直し、高野山《こうやさん》にのぼった。

高野山では旧知の間柄の滝口入道《たきぐちにゅうどう》と面会した。滝口入道はもとは維盛の父重盛に仕えていた武士で、かつて愛した女性への思いを非情なまでにきっぱりと断ち切り、出家して高野の聖《ひじり》になったという過去を持つ。

その滝口入道に対し、維盛は妻子への想いを打ち明け、もう会うことはできそうにないので、ここで出家して家族の愛執から抜け出し、熊野に詣でた後で自害するつもりだと述べた。

翌日、維盛は長年仕えた重景、石童丸に対し、自分が死んだらそれぞれの家族とともに生き延びてほしいと帰京を勧めた。しかしふたりとも聞き入れず、結局は維盛、重景、石童丸の三人で出家。維盛は武里に対し、事の次第を屋島の人々に告げるよう遺言を託した。

『平家物語』小話

維盛が熊野を終焉の地に選んだわけ

維盛は自分の終焉の地に熊野を選んだ。熊野といえば、高野山と結びついて世界遺産に登録されている観光名所で、古来、多くの人々に信仰されてきた場所だが、なぜ熊野だったのか。

それは熊野が補陀落渡海《ふだらくとかい》の名所であったからだ。補陀落渡海とは、観音菩薩《かんのんぼさつ》が住むはるか南方の浄土をめざして小舟で海を渡ろうとする仏教の信仰のこと。つまり、自害する方法のひとつだ。維盛は船から海中に身を投げており、補陀落渡海とは少し方法が異なるが、根底にはこの信仰があったと考えられる。

また、熊野は祖父清盛や父重盛も参詣したことのある地であり、維盛も特別な思い入れを抱いていたことも理由のひとつとされている。

その後、維盛一行は滝口入道とともに山伏《やまぶし》姿で熊野に出向き、本宮・新宮・那智を巡拝した。本宮では重盛がかつて子孫繁栄を祈願したことを思い出し、極楽浄土への往生と妻子の安穏を祈った。

◉熊野の海に沈んだ維盛

一一八四（寿永三）年三月二十八日、熊野三山の参詣を終えた維盛一行は、入水するために滝口入道とともに一艘の小船で大海原《おおうなばら》に漕ぎ出す。

途中、小島によって松の木に墓碑銘《ぼひめい》を刻んだ。しかし維盛は、妻子のことがどうしても頭からはなれず、入水の覚悟が鈍ってしまう。

滝口入道は同情を寄せながら往生を願い、出家して念仏を唱えれば、どれほど罪深い人間も阿弥陀如来《あみだにょらい》が必ず救済してくれると説いた。それを聞いてようやく心が澄み切った維盛は、念仏を唱えながら海に身を投げたのである。重景・石童丸も維盛に続いた。

ただひとり生き残った武里は、維盛の言いつけに従い、屋島に戻って一部始終を伝えた。宗盛や二位殿は常々家系の異なる維盛をいぶかしがっており、彼が屋島を離れたときには源氏方に寝返ったのではないかと疑っていた。平家の結束はすでに一枚岩ではなかった。しかし、真実を知ると誤解を悔やみ、その死を嘆いた。

❖那智の沖で身投げする維盛一行

四国を抜け出し
道中で出家した維盛は
念仏を唱えながら
海に身を投じた
ザブ
ついで従者の
与三兵衛重景…
ザブン
石童丸も
後を追った

名場面を読む！

[原文]

…西に向ひ手を合わせ高声《こうしょう》に念仏百返計《ひゃっぺんばかり》となへつつ、「南無」と唱ふる声共に、海へぞ入り給ひける。

[現代語訳]

…（維盛は）西に向かい手を合わせ、高い声で念仏を百遍ほど唱えて、「南無」と唱える声とともに、海に身を投げられた。

巻第十一

藤戸の合戦

馬で浅瀬を駆け抜け源氏を勝利に導いた勇将の活躍

平家の都落ちから一年あまりが過ぎ、世の中は源氏を中心にまわりはじめていた。

一一八四（寿永三）年四月、義仲追討の功績によって五階級特進の正四位下になった頼朝は、その威勢を見せつけるかのように清盛の異母弟頼盛を鎌倉に招待した。頼盛は頼朝の命の恩人である池禅尼の子ということで、特別に歓待したのだ。また七月には、後鳥羽天皇が三種の神器がないままで即位することになり、大嘗祭《だいじょうさい》も開催された。

いっぽう平家方では、維盛の入水を知った妻が出家したり、近江に侵攻した伊賀《いが》、伊勢《いせ》の平家がたちまち源氏軍に鎮圧され、「三日平氏」と嘲笑されるなど暗い話題が続く。屋島の平家一門も源氏軍の進攻におびえ、戦々恐々としていた。

そうしたなか、備前（岡山県）の藤戸《ふじと》で合戦が起こる。

九月十二日、範頼が平家追討のため三万余騎の軍勢を率いて西国に進攻しているとの報せを受け、資盛率いる平家軍が五百余艘の軍船で行く手を阻んだ。平家軍は海上の小島に布陣した。両軍の間隔は海上五百メートルあまりであったが、軍船を持たない範頼軍は攻めることができなかった。

◉三万の騎馬が海を渡る

この状況を打開したのが、源氏方の武将佐々木盛綱《ささきもりつな》であった。盛綱は二十五日夜、地元の漁師から騎馬が渡れる浅瀬をこっそり聞き出す。実際に検証してみると膝、腰、肩まで立てるところがあった。大手柄を立てられると踏んだ盛綱は、自分ひとりだけの秘密にしておこうと漁師を惨殺したうえで行動に出る。

翌二十六日、盛綱は平家軍の挑発につられるかのように海に馬を乗り入れた。範頼は、盛綱は気が狂ったのではないかと止めに行かせたが、盛綱はずんずん進む。そして突然、浅瀬に打ち上ったのである。馬で渡れるということを知った源氏の軍勢は、盛綱に続いて三万余騎が続々と海を渡りはじめた。

平家軍も必至に防戦に努めたが、多勢に無勢で戦いは範頼軍の圧勝に終わり、平家軍は屋島へと退却した。先駆けをつとめた盛綱には、恩賞として小島が与えられた。

こうして源氏軍は藤戸の合戦に勝利した。しかし、その後の対応がまずかった。範頼は大勝利に気をよくしたのか進軍せず、ただいたずらに日々を過ごしてしまったのだ。配下の武士のなかには今が平家軍を壊滅させる絶好の機会であると進軍を望む者もあったが、大将にその気がなければどうしようもなく、ただ時間だけが過ぎていった。

巻第十一

屋島の合戦

悪天候のなか決行された義経の電撃作戦

藤戸の合戦後、範頼はしばらく平家を追撃せずにいたが、一一八五（元暦《げんりゃく》二）年に入ると、義経が長年にわたる源平合戦に終止符を討つべく動きはじめた。

正月十日、義経は後白河法皇から平家追討の許可を得て、摂津（大阪府）へと向かう。梶原景時とともに平家の本拠地、屋島を攻めようという作戦であった。

二月十六日には船の準備が整い、いよいよ出港の運びとなった。しかし、直前に大暴風に見舞われ、船が破損してしまう。

このとき義経と景時のあいだで一触即発《いっしょくそくはつ》の事態が生じた。景時が船に後退用の逆櫓《さかろ》を装備すべきだと主張したのに対し、義経はそれを逃げ腰だと嘲笑したため、危うく同士討ちになりかけたのである。

そこで義経は腹心の家臣だけを選び、その日の夜のうちにひそかに出港することにした。わずか五艘での船出であったが、折からの強風を受けてわずか六時間で阿波（徳島県）に到着、まずは襲ってきた在地の武士を撃退する。

ついで情報収集を行ない、屋島を守る平家軍の多くは出兵中で留守部隊も三千余騎にす

『平家物語』小話

義経と奥州藤原氏とのあいだにはどんな関係が？

屋島の合戦で活躍した佐藤嗣信《さとうつぐのぶ》・忠信《ただのぶ》兄弟は奥州出身の武士で、奥州平泉の藤原秀衡《ひでひら》の命により義経につき従っていた。

では、義経と奥州藤原氏のあいだにはどのような関係があったのか。

実は義経は平治の乱で父を失った後、１６歳で奥州藤原氏のもとに走り、頼朝挙兵までの６年間、秀衡やその子息と過ごしていた。これは義経の母の再婚相手の親戚、藤原基成《もとなり》の招きによるものであったともいわれている。そして義経が頼朝の挙兵に馳せ参じるとき、秀衡は佐藤兄弟らをつけてやった。ただし、この行為はあくまで秀衡の好意であって、義経を平家への対抗馬にしようという意図はなかったようだ。

ぎないと知ると、義経は勝機ありと判断し、軍勢とともに一晩疾走して阿波と讃岐の境に位置する大坂という山を越え、屋島の背後に迫る。

そして二月十八日未明、義経軍は民家に放火しつつ進軍することであたかも大軍勢のように見せかけ、一気に屋島城を襲撃したのである。

シケで敵はこないと踏んでいた平家軍は、不意をつかれて仰天した。しかも、すわ大軍の襲来と勘違いして、争うように沖へと向かいはじめたのだ。義経はその隙に難なく屋島の内裏を焼き払った。

平家軍は義経軍が少数部隊だと知ると大いに悔しがり、教経の指揮に従ってすぐさま反撃に転じた。教経は義経を射落とそうとしつこく追いまわす。

これに対し、武蔵坊弁慶をはじめとする源氏軍の武将たちは、主君を守るように矢《や》面《おもて》に立ち、奥州出身の佐藤嗣信《さとうつぐのぶ》が射倒された。

◉両軍をわかせた那須与一の妙技

激しい矢合戦のなかで、弓の名手として名高い那須与一《なすのよいち》が神技《かみわざ》を披露した。

夕暮れどき、沖に現れた一艘の平家の小船の上で美女が扇を立てて手招きしていたので、義経は二十歳の若武者与一に対し、扇を射るよう命じた。

与一は一度は辞退したが、思い直して決死の覚悟で海に馬を乗り入れる。扇との距離は七十メートル。北風が強く、船も的となる扇も揺れ動いている。沖では平家軍が、海岸では源氏軍が固唾《かたず》を呑んで見守るなか、与一は心中で神に祈念して矢をふりかぶる。矢は見事に命中。扇が舞い上がって海へ落ちると、源平両軍から与一を称賛する声が上がった。

その後、ふたたび激しい戦闘が繰り広げられたが、平家軍は源氏軍に屋島の東の志度浦《しどのうら》への上陸を阻まれ、屋島を奪回することはできなかった。

結局、平家軍は四国を追われて海上に出て行った。とはいえ、反平家勢力ばかりの九州にも入れず、その姿はもはや海上をさすらう亡者のようであった。

❖扇の的当てに挑む那須与一

距離は約70メートル
扇は荒波によって
大きく揺れていた

南無八幡大菩薩
願わくばあの扇を
射させたまえ
もし仕損じれば
弓を折り　腹を
掻き切る覚悟に
ございます…

名場面を読む！

[原文]
与一鏑《かぶら》をとてつがひ、よぴいてひやうどはなつ。…扇は空へぞあがりける。

[現代語訳]
与一は鏑矢を取り弓につがえ引き絞ってひょうと射放った。…扇は空に舞い上がって、しばらく空中にひらめいた。

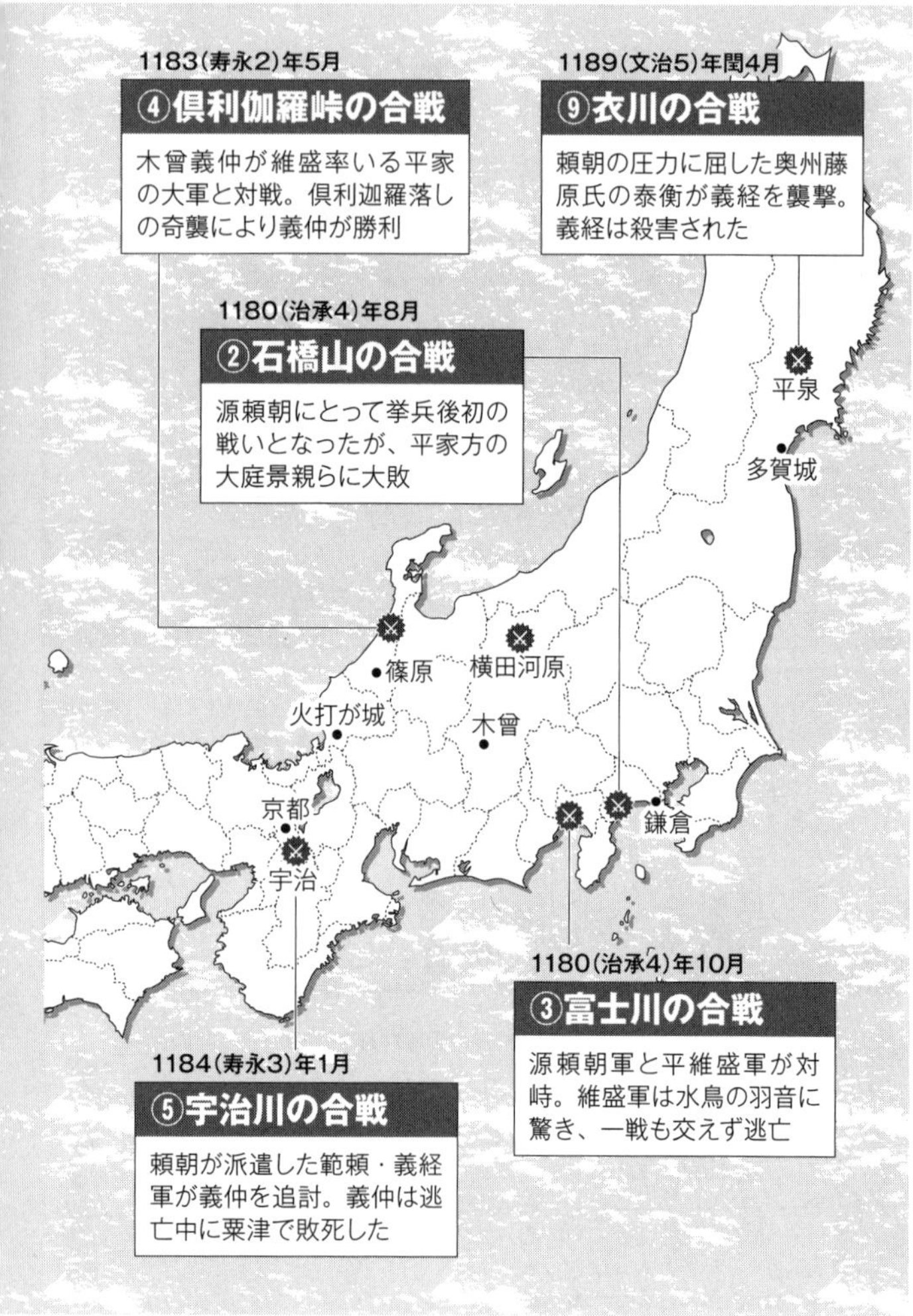
1183(寿永2)年5月
④倶利伽羅峠の合戦
木曽義仲が維盛率いる平家の大軍と対戦。倶利迦羅落しの奇襲により義仲が勝利
1189(文治5)年閏4月
⑨衣川の合戦
頼朝の圧力に屈した奥州藤原氏の泰衡が義経を襲撃。義経は殺害された
1180(治承4)年8月
②石橋山の合戦
源頼朝にとって挙兵後初の戦いとなったが、平家方の大庭景親らに大敗
平泉
多賀城
篠原
横田河原
火打が城
木曽
京都
宇治
鎌倉
1180(治承4)年10月
③富士川の合戦
源頼朝軍と平維盛軍が対峙。維盛軍は水鳥の羽音に驚き、一戦も交えず逃亡
1184(寿永3)年1月
⑤宇治川の合戦
頼朝が派遣した範頼・義経軍が義仲を追討。義仲は逃亡中に粟津で敗死した

❖源平合戦地図

以仁王の挙兵にはじまり、壇ノ浦の合戦での平家滅亡まで、源氏と平家は何度も戦いを繰り広げた。その過程で幾多の物語が生まれたのである

1185(元暦2)年3月
⑧壇ノ浦の合戦
義経率いる源氏軍に宗盛率いる平家軍が敗れ、平家一門はついに滅亡
1184(寿永3)年2月
⑥一ノ谷の合戦
一ノ谷に陣を構える平家軍に対し、義経が鵯越の坂落としを行ない、源氏勝利
1185(元暦2)年2月
⑦屋島の合戦
平家軍が海上からの攻撃に備えるなか、義経は陸路から攻め、平家を敗走させる
京都
室山
水島
厳島
福原
宇治
勝浦
太宰府
1180(治承4)年5月
①以仁王の挙兵
源頼政とともに平家追討をめざして挙兵するが、宇治にて敗北を喫する

巻第十一

壇ノ浦の合戦

すべての命運を決する源氏と平家の最終決戦

屋島の合戦で惨敗し海上に逃亡した平家軍は、長門《ながと》（山口県）の引島《ひくしま》（彦島）に集結した。いっぽう源氏方は、周防《すおう》（山口県）で合流した義経軍と範頼軍が長門の追津《おいつ》に転進、平家軍を完全に包囲した。

源氏軍は平家軍と違って海戦を苦手としていたが、形勢は源氏軍優位であった。平家方から源氏方に寝返った熊野別当の湛増《たんぞう》や、四国の河野通信の水軍が加勢することになり、源氏軍の海戦能力が飛躍的に高まっていたからだ。両軍の船の数を見ても、源氏軍の三千余艘に対して平家軍一千余艘と、源氏軍が圧倒していた。

そして決戦は一一八五（元暦二）年三月二十四日卯《う》の刻《こく》（午前六時頃）に、長門の壇ノ《だんの》浦《うら》で開始と定まる。

◉裏切りが招いた平家軍の最期

決戦当日、源氏軍の内部では義経と梶原景時が先陣を争って口論し、あわや同士討ちという事態に発展する一幕もあった。最終的には周囲の者がなだめておさまったものの、屋

❖壇ノ浦での死闘

平家軍一千余艘
源氏軍三千余艘が
激戦を展開し
両軍とも死者が
続出した

名場面を読む！

［原文］
其後源平たがひに命を惜しまず、をめきさけんでせめたたかふ。いづれおとれりとも見えず。

［現代語訳］
その後、源平の兵士たちは互いに命を惜しまず、喚声を上げて攻め戦い、どちらが劣勢とも見えなかった。

島合戦の逆櫓論争で表面化したふたりの対立は、後々まで続く遺恨となる。

いよいよ壇ノ浦の戦いの開始である。源平両軍が関門《かんもん》海峡で対峙するなか、平家軍の総指揮官知盛が背水《はいすい》の陣《じん》にのぞむ一同を鼓舞《こぶ》し、戦いの火蓋《ひぶた》は切って落とされた。

緒戦《しょせん》は、海戦をよく知る平家軍が船数の差をものともせず、戦局を優位に進めた。途中、源氏方の武将和田義盛《わだよしもり》の遠矢に端を発した源平両軍による遠矢の競い合いも行なわれた。

その後ふたたび激闘が繰り広げられたが、ふたつの〝異変〟をきっかけに戦局が源氏側に大きく傾く。まず空中から白旗が漂ってきて、源氏軍の船の舳先《へさき》に舞い降りた。続いて海豚《いるか》の大群が平家軍の船の下を口を開けながら通り過ぎていった。これらを占ってみると、平家にとって凶と出、源氏の大勝利が予告されたのである。

さらに源氏の勝利を決定づける出来事が起きる。平家恩顧の阿波重能《あわしげよし》が源氏に寝返ったのだ。実は知盛は、事前に重能の様子がおかしいことに気づいており、兄の宗盛に首を斬るよう進言していた。しかし宗盛はそれを許さず、野放しにしておいたのであった。

重能の裏切りによって平家軍の策略はすべて源氏軍に伝わり、また重能の後を追うように九州や四国の武将が次々と源方軍に寝返ったため、平家軍の敗北は決定的になった。

まもなく平家軍の船は次々に源氏の軍勢によって攻められ、船頭や水夫までも斬り殺された。もはや万事休す。平家の運命は完全に閉ざされた。

『平家物語』小話

壇ノ浦の勝敗を分けた潮流の変化

壇ノ浦の合戦は、序盤は平家軍が戦いを優位に展開し、終盤になると源氏軍が優位に立って最終的に勝利した。このように戦局が変化したのは、潮流の変化によるものという説がある。

戦いの序盤は潮が西から東に流れていたため、その勢いを借りた平家軍が、源氏軍の船を干珠島《かんじゅしま》、満珠島《まんじゅしま》のあたりに追いつめることができた。

しかし時間が経つにつれて潮流は反転していき、終盤は完全に逆になった。すると今度は源氏軍がその勢いを借りて盛り返し、最終的に平家軍の船団を壊滅状態に追い込んだというのだ。

海戦経験の豊富な平家が、なぜこうした失敗をしたのかというと、戦いが予想よりも長引いてしまったからと見られている。

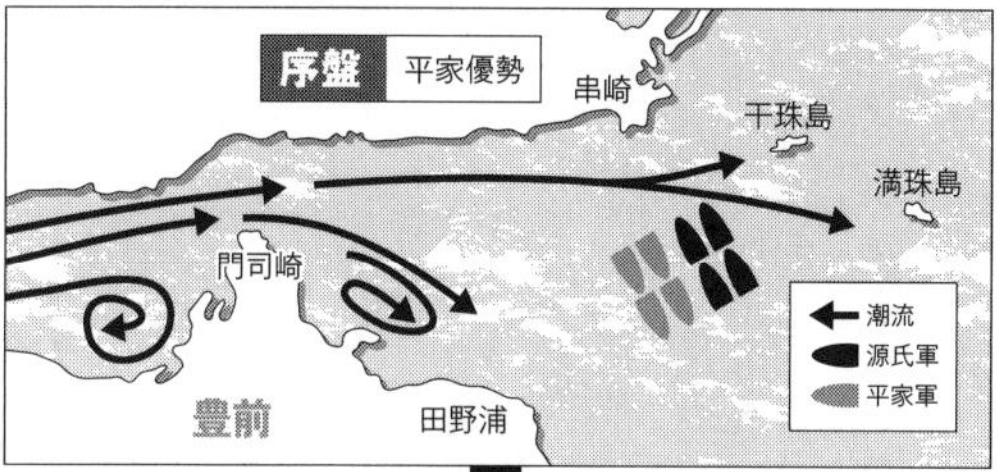

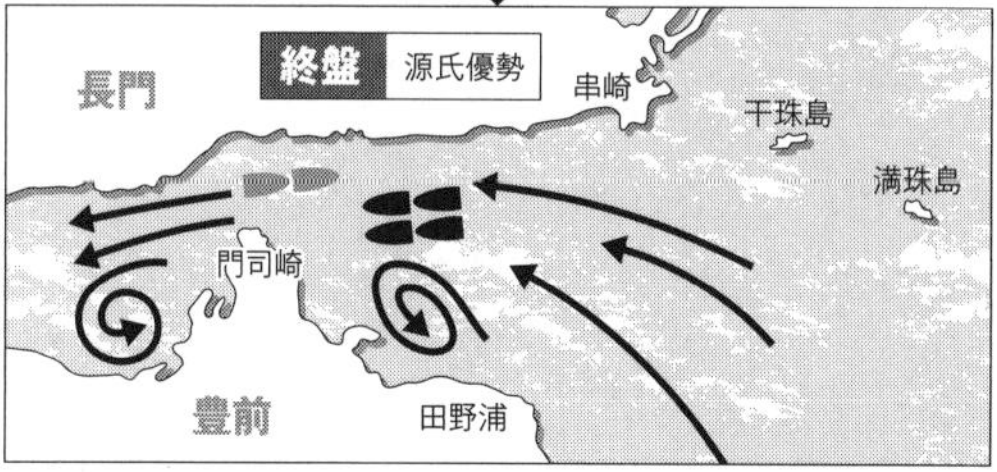

巻第十一

平家の滅亡

惜しむべくは平家の名……
海の波間に消えた一門

船頭や水夫まで殺され、航行不能に陥った平家軍の船は、波間に漂うばかりとなった。生き残った武士やその妻子が船底にひれ伏すなか、知盛は安徳天皇の船に参上し、「もはやこれまでと思われます」と戦況報告を行なった。ついに最期の時が訪れたのである。

まだよく状況を理解できない女房たちが戦況を尋ねると、知盛は「皆さんの見たことのない関東の武士にお目にかかれますよ」と苦しい冗談で返し、逆に女房たちを怯えさせた。

しかし、清盛の妻二位殿時子は気丈であった。知盛からの報せで覚悟を決めた二位殿は冷静に喪服《もふく》の衣に着替え、三種の神器の神璽《しんじ》を脇に抱え、宝剣《ほうけん》を腰にさして、八歳の安徳天皇の手を引いた。

安徳天皇が「私をどこへ連れて行くのですか」と問うと、二位殿は「波の下に極楽浄土という結構な都があります。一緒に参りましょう」と泣きながら答え、手を合わせて念仏を唱える安徳天皇とともに海中に身を投じたのである。

安徳天皇の母徳子（清盛の娘）も、ふたりの後を追って海に飛び込んだが、まだ沈みきらないところを源氏方の武士に引き上げられた。また重衡の妻佐局《すけのつぼね》は、三種の神器の

❖安徳天皇の最期

二位殿は
神璽と宝剣を
抱きながら
安徳天皇の
手を引いた
そして…
ドボン

名場面を読む！

［原文］

…二位尼やがていだき奉り、「浪の下にも都のさぶらふぞ」となぐさめ奉て、千《ち》尋《いろ》の底へぞ入り給ふ。

［現代語訳］

…二位殿は天皇をお抱き申したまま、「波の下にも都がございます」と（天皇を）お慰め申し上げて、千尋の海底へお入りになった。

最後のひとつ、神鏡《しんきょう》を持って飛び込む直前に敵軍に捕えられた。

その頃、平家一門の幹部たちは壮絶な最期を遂げていた。教盛・経盛兄弟、資盛・有盛兄弟など鎧を着込んだ平家の公達《きんだち》は、手に手を取って海底に沈んだ。

最後まで奮戦したのが平家随一の猛将教経で、彼は源氏の大将軍義経を執拗《しつよう》に追いまわした。さすがの義経も敵わないと思い、船から船へと飛び移って逃げた。これが後にいわれる義経の「八艘飛《はっそうと》び」である。

あと一歩のところで義経を逃した教経は、最後の土産とばかりに三人の源氏の武士を相手にし、そのうちふたりを抱え込んだまま海に飛び込んだ。

そして壇ノ浦の合戦で指揮を執った知盛も、すべてを見届けた後、乳母子とともに海中に身を投じたのであった。

◉平家の総帥がさらした醜態

こうして一門の人々が次々といさぎよく散っていくなか、平家一門の総帥宗盛は、情けない姿をさらしてしまう。

宗盛は海に飛び込む勇気がなく、仲間の入水を呆然《ぼうぜん》と見ていた。するとあきれた家臣に海へ突き落とされたが、宗盛は運よく鎧を着込んでおらず、泳ぎが達者でもあったため、

『平家物語』小話

平家の興亡を見届けた清盛の妻

壇ノ浦での敗戦により平家は滅亡したが、一族の栄光から没落までをすべてを見届けたのが二位殿時子である。

清盛と結婚すると、夫はあれよというまに太政大臣にまで出世し、娘の徳子は高倉天皇に輿入《こしい》れした。さらに徳子が皇子を産むと、その皇子が安徳天皇に即位したため、平家はわが世の春を謳歌した。だがその後、清盛が亡くなると運命は暗転。全国で源氏が挙兵し、平家は追い込まれて都落ちの憂き目にあい、一ノ谷の合戦では多くの縁者を失う。壇ノ浦の合戦では、孫の安徳天皇を連れて海中に身を投じなければならなかった。

一族の栄光と没落が二位殿の人生にそっくり重なる。彼女の人生はまさに激動であった。

泳ぎまわっているところを敵軍に捕らえられたのだ。この宗盛のように死にきれずに捕虜となった一門は、男三十八人、女四十三人を数えた。

かつて栄華を誇った平家は壇ノ浦の波間に消え、海上には無残にも切り捨てられた平家の赤旗が無数に漂っていた。

四月二十五日、三種の神器のうち神璽と神鏡が朝廷に戻った。二位殿とともに沈んだ神璽は海上に浮かんでいたところを引き上げられたが、宝剣は見つからなかった。この宝剣はかつてスサノオノミコトがヤマタノオロチを退治し、その尾から取り出された草薙《くさなぎ》の剣《つるぎ》。占いによれば、今度失われたのは、大蛇が安徳天皇となって奪い返したのだといわれた。

『平家物語』史跡ガイド②　～東国編～

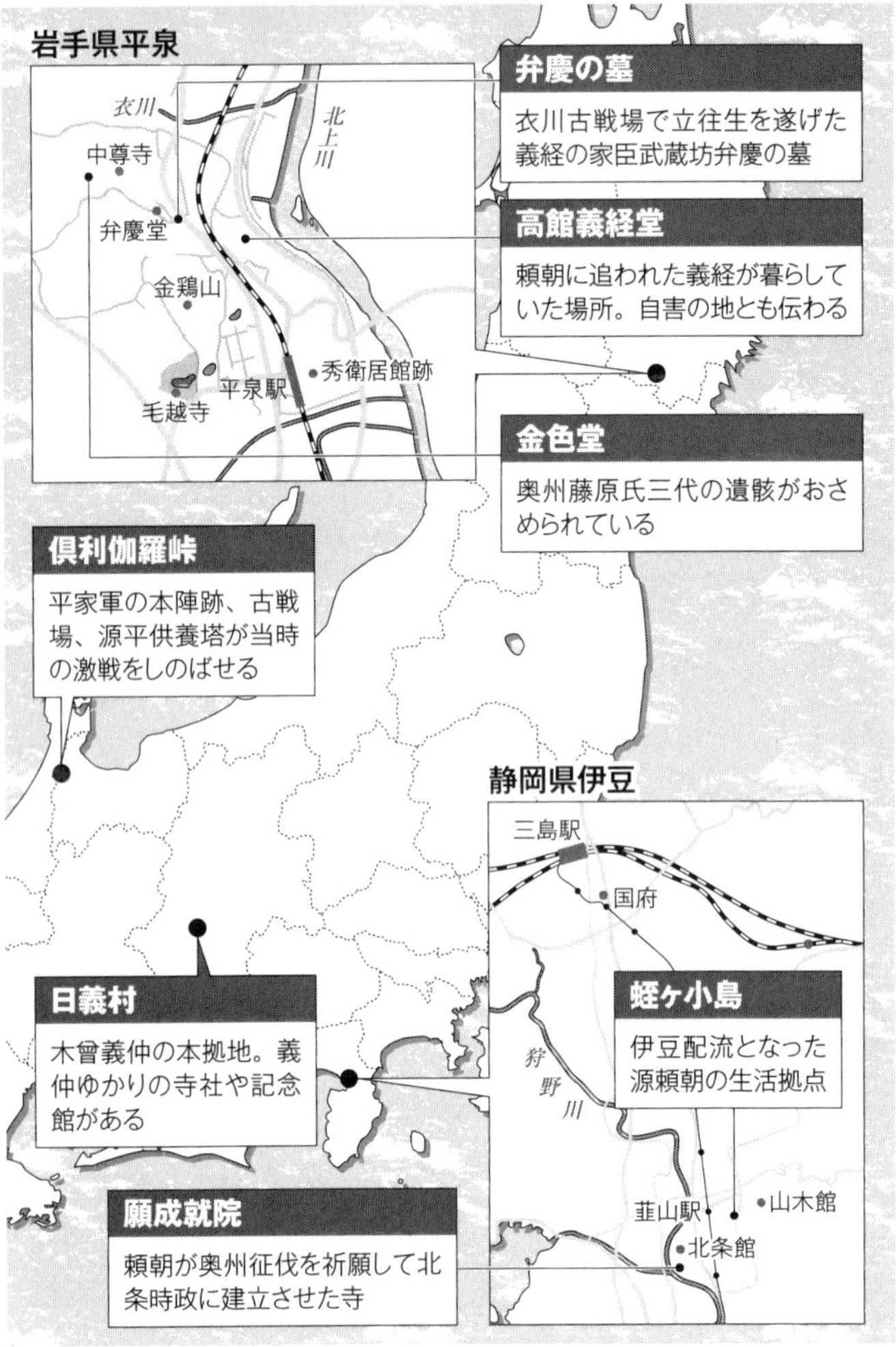

岩手県平泉
衣川
北上川
中尊寺
弁慶堂
金鶏山
秀衡居館跡
平泉駅
毛越寺
弁慶の墓
衣川古戦場で立往生を遂げた義経の家臣武蔵坊弁慶の墓
高館義経堂
頼朝に追われた義経が暮らしていた場所。自害の地とも伝わる
金色堂
奥州藤原氏三代の遺骸がおさめられている
倶利伽羅峠
平家軍の本陣跡、古戦場、源平供養塔が当時の激戦をしのばせる
静岡県伊豆
三島駅
国府
狩野川
蛭ヶ小島
伊豆配流となった源頼朝の生活拠点
韮山駅
山木館
北条館
日義村
木曽義仲の本拠地。義仲ゆかりの寺社や記念館がある
願成就院
頼朝が奥州征伐を祈願して北条時政に建立させた寺

第二部　『平家物語』を読む

第三章

源平合戦のその後

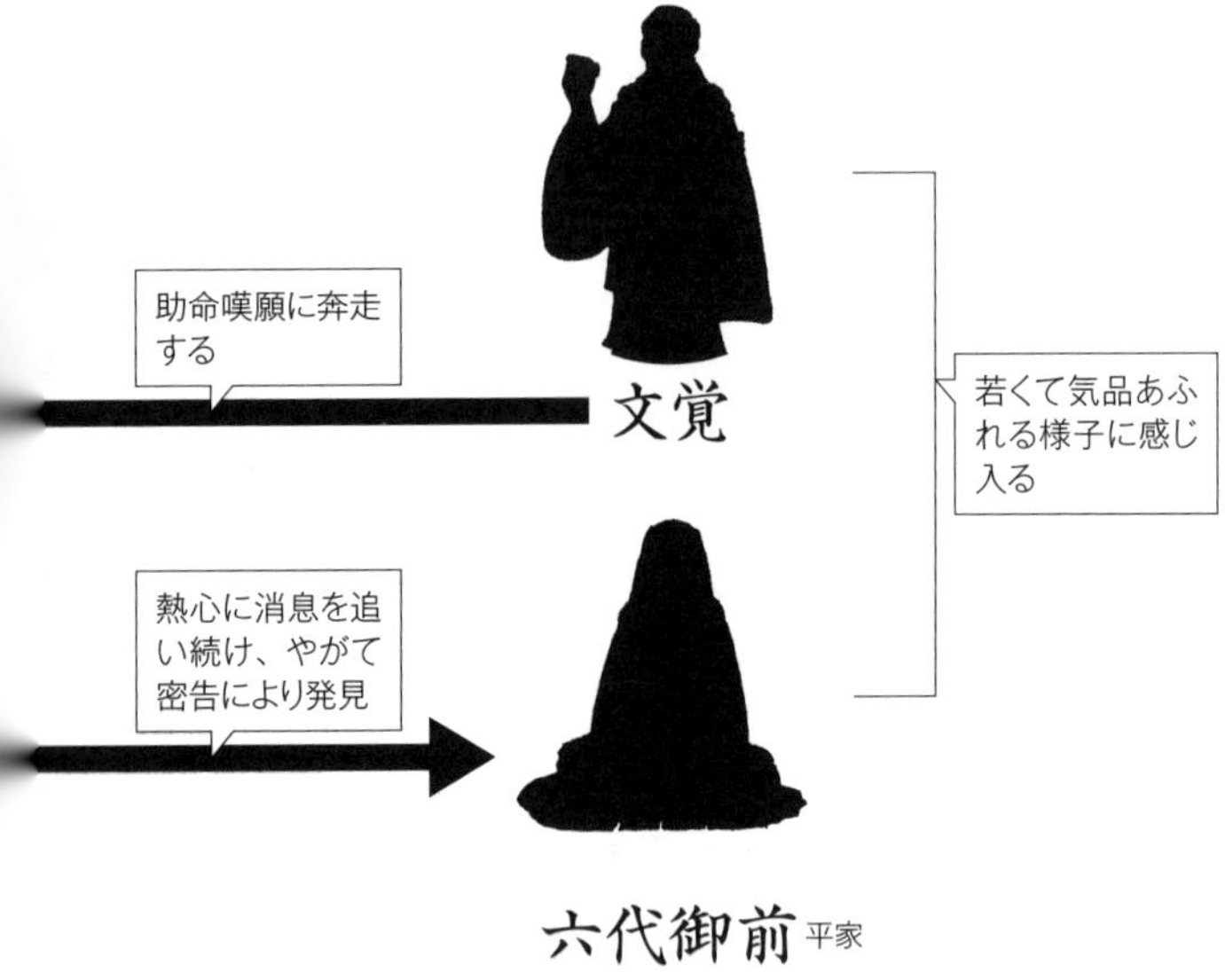
助命嘆願に奔走する
文覚
熱心に消息を追い続け、やがて密告により発見
若くて気品あふれる様子に感じ入る
六代御前 平家

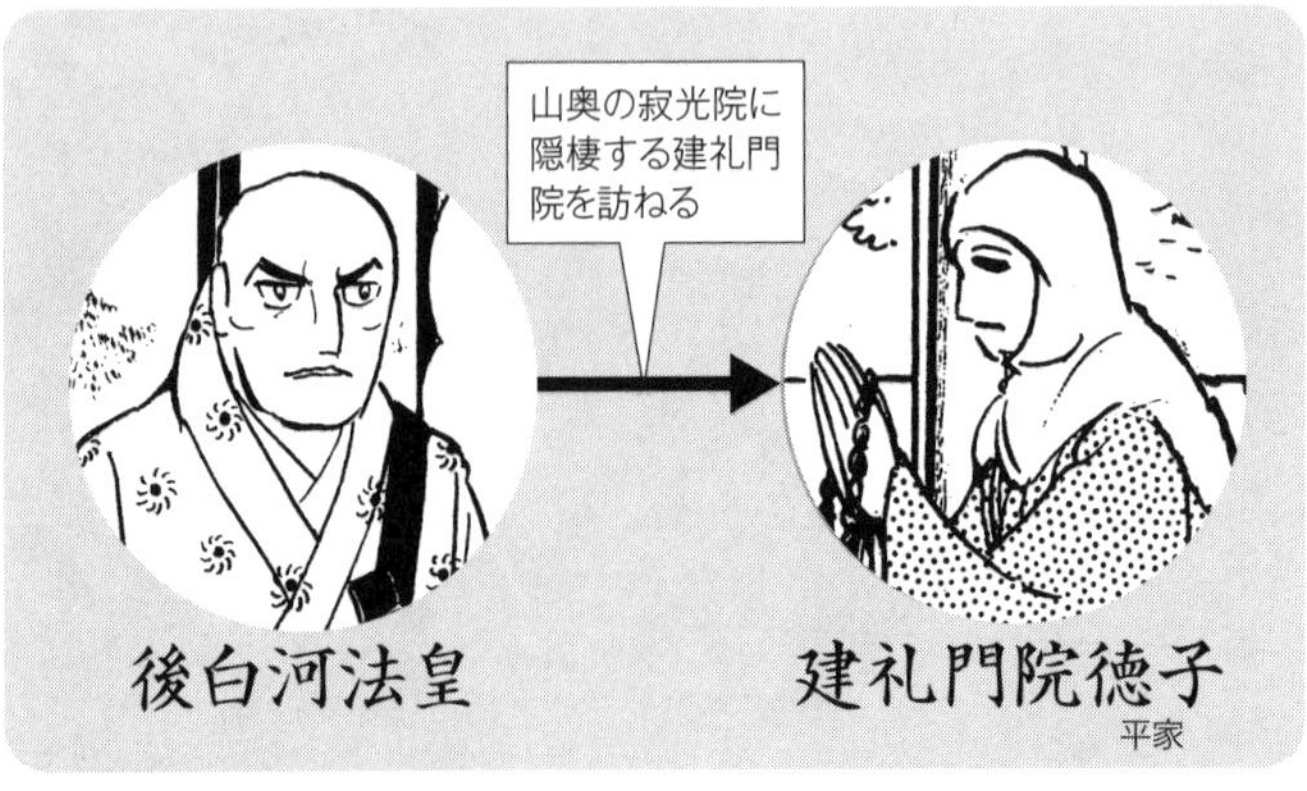
山奥の寂光院に隠棲する建礼門院を訪ねる
後白河法皇
建礼門院徳子
平家

❖第3章・人物相関図

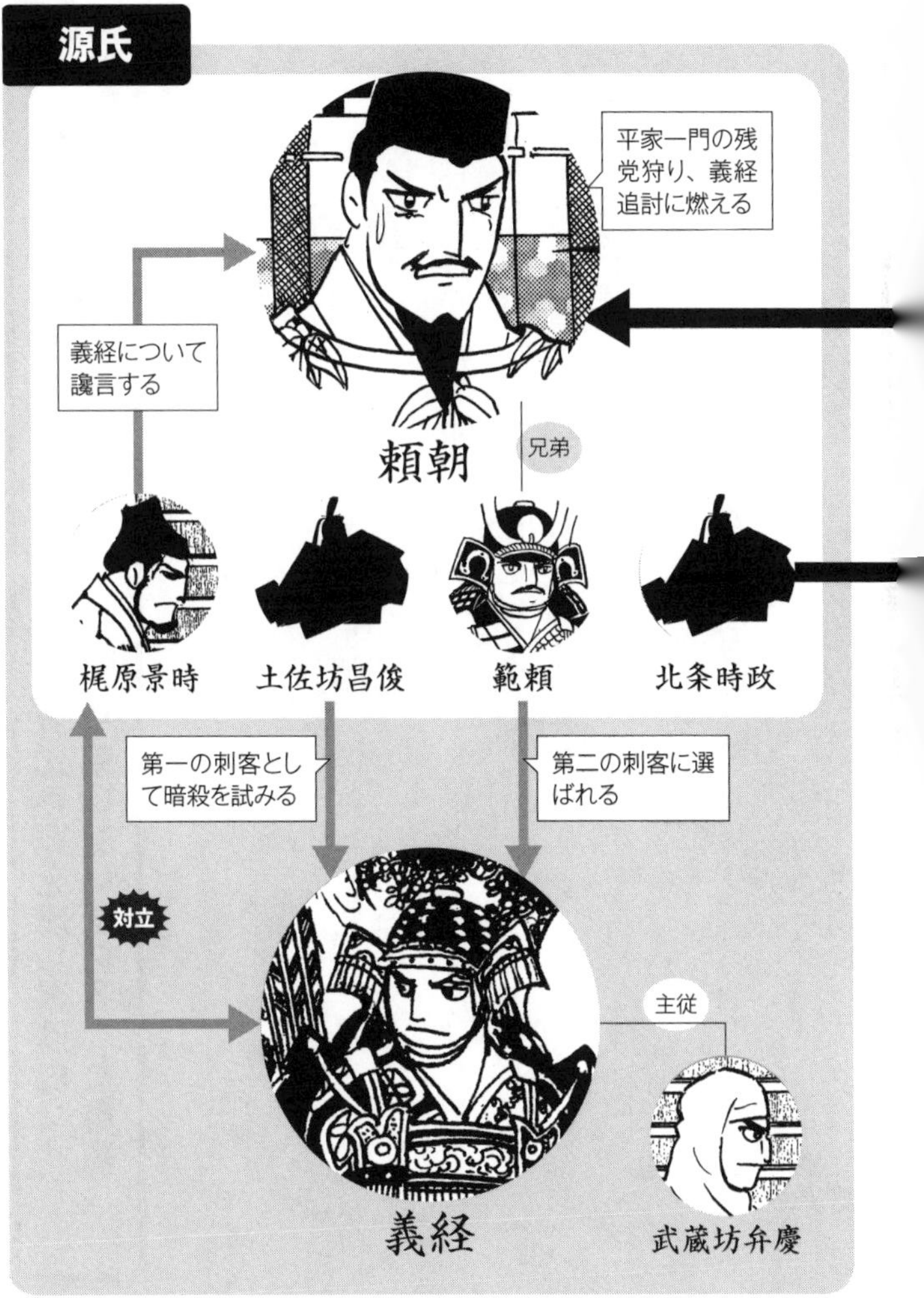
源氏
平家一門の残党狩り、義経追討に燃える
頼朝
兄弟
義経について讒言する
梶原景時
土佐坊昌俊
範頼
北条時政
第一の刺客として暗殺を試みる
第二の刺客に選ばれる
対立
義経
主従
武蔵坊弁慶

巻第十一

頼朝と義経

源氏再興を成し遂げた兄弟のあいだに入った亀裂

物語は、ここから平家の滅亡後を記す。

一一八五（元暦二）年四月二十六日、捕虜となった平家一門の人々が京に到着し、都大路を引きまわされた。ほんの一年前まで栄華を誇っていた平家の姿を知る京の人々は、生け捕りにされた平家一門の総帥宗盛、その長男清宗《きよむね》、大納言時忠などを見て、複雑な思いを抱いた。後白河法皇もさすがに心を痛めた。

五月七日には、義経が宗盛父子を連れて鎌倉へ向かうことが決まった。

このとき宗盛は義経に八歳の次男能宗《よしむね》との対面を願い許されたが、面会した翌日、能宗は義経の命により河原で斬首された。数日後には能宗を哀れんだ乳母が彼の首を抱き、つき添いの女房が死骸を抱いて川に身を投げている。そんな悲劇を知らない宗盛は、義経に自分の命乞いをするなど無様《ぶざま》な姿をさらし続けた。

いっぽう、頼朝は三階級特進して従二位となったが、異母弟義経に対して敵愾心《てきがいしん》を燃やしはじめる。その発端は、「平家滅亡の立役者は義経である」などという京の人々の噂話を伝え聞いたことにあった。また、義経が時忠の娘を側室に迎えたことも頼朝の猜疑心《さいぎしん》を

❖頼朝に讒言をする梶原景時

なにっ
義経が謀叛を
企てている
と申すか
はい
あなたの
地位を脅かそうと
しています
義経め
どういう
つもりだ…
以前から
疑わしく
思っていたが
やはり
そういうことか
絶対に
鎌倉には
入れん！

名場面を読む！

［原文］
金《かね》洗《あらい》沢《ざわ》に関すゑて、大臣殿父子うけとり奉て、判官《ほうがん》をば腰《こし》越《ごえ》へおかへさる。

［現代語訳］
（頼朝は）金洗沢に関を設けて、大臣殿（宗盛）父子をお受け取りし、判官（義経）は腰越に追い返された。

増幅させる要因となった。時忠が娘を嫁がせたのは、義経に押収された秘密書類を取り戻すための策略であったのだが、頼朝はそうとは知らず強い不快感を抱いた。

そんななか、腹心の梶原景時から讒言《ざんげん》がもたらされた。屋島、壇ノ浦でことごとく義経と対立した景時は、義経を中傷し、「最終の敵は弟君です」とそしったのである。

これを受けた頼朝は、義経の鎌倉入りを禁じた。義経は宗盛父子を護送して鎌倉の一歩手前まできていたが、頼朝は五月二十四日に七里《しちり》が浜《はま》の西の腰越《こしごえ》で父子だけを引き取り、義経を追い返した。

義経にとって頼朝は、腹は違えど血を分けた兄である。源氏復興までの実績を称賛されることはあっても、これほど冷たい仕打ちを受ける憶えはない。義経は大いにうろたえ、頼朝に対する不忠の心がないことを訴えたものの、対面すら許されない。そこで頼朝の側近大江広元《おおえひろもと》にとりなしを依頼する手紙を書いた。それが腰越状《こしごえじょう》である

◉宗盛父子と重衡の最期

頼朝は、義経への処分を決めかねていた。そのさなか、宗盛と対面する。

宗盛は平家一門の総帥である。しかし、頼朝の面前に現れた宗盛は一門を束ねる者としての誇りをすっかり失い、ただ助かりたいために卑屈な態度をとり続けた。その姿は並み

『平家物語』小話

義経の『腰越状』には何が書かれていた？

義経が頼朝に弁明するためにしたためた腰越状は、鎌倉時代の史書『吾妻鏡《あづまかがみ》』に全文が掲載されている。その内容は次のようなものである。

まず義経は、自らが朝敵を滅ぼして父祖の恥辱を晴らしたにもかかわらず、他人の中傷によって頼朝の勘気《かんき》をこうむり、弁明ができず悲嘆に暮れていると嘆く。ついで少年時代の苦難の生活や、朝敵滅亡のために命がけで戦ったことを訴え、自分には何の野心もないと神仏に誓って締めくくっている。

哀切を極めた文章であるが、義経は頼朝の怒りの本質が何ひとつわかっていなかった。そのため、頼朝からの許しは得られず、どんどん苦しい立場に追い込まれていくのであった。

居る武将たちの侮蔑《ぶべつ》と憐《あわ》れみをかった。

その後、宗盛父子は帰京することになった。父子の護送を命じられたのは義経で、彼は頼朝と和解できないまま六月九日に京へ向けて出発。道中、近江（滋賀県）の篠原で父子の首を斬り、京に着くと獄門《ごくもん》にかけた。

ついで清盛の五男重衡の処刑も行なわれた。伊豆に幽閉されていた重衡は、奈良の寺院を炎上させたことを恨む僧たちの要求によって身柄を奈良に送られた。しかし、その態度は宗盛のような卑屈なものではなかった。道中、壇ノ浦から生還した妻と今生《こんじょう》の別れを惜しんだ後、最期は阿弥陀如来《あみだにょらい》の手にかけた紐を持ちながら従容《しょうよう》として斬首された。

巻第十二

義経追討

ついに義経追討を決意した頼朝の胸の内

戦乱がおさまり、人心もようやく落ち着いた一一八五（元暦二）年七月九日、京は突如大地震に見舞われた。皇居、神社仏閣、邸宅、民家すべてがことごとく損壊する大規模な地震で、京の街は壊滅状態に陥った。この未曾有の大地震を、人々は平家の祟《たた》りではないかと恐れた。

それからまもなく、頼朝にとって嬉しい出来事があった。八月二日、文覚上人《もんがくしょうにん》が頼朝の父義朝の髑髏をもって鎌倉を訪れたのである。

文覚は、かつて義朝の髑髏を見せて頼朝に挙兵を促した僧。文覚によれば、当時の髑髏は偽物であった。本物は義朝に仕えた藍染《あいぞ》め職人がひそかに弔っており、それを文覚が聞きつけて今日持参したという。本物の父の髑髏を目にした頼朝は喜び、後日、父の菩提寺《ぼだいじ》を建立した。

そして九月には、平時忠をはじめ壇ノ浦の合戦で生け捕りにされた平家一門の要人の処分が確定する。時忠は能登《のと》(石川県)、その息子時実《ときざね》は上総《かずさ》(千葉県)に流されることとなり、時忠は出発に際して姪の建礼門院徳子（清盛の娘）らとの別れに涙した。

❖頼朝に不審を抱く義経と弁慶

弁慶よ
もはや間違いないだろう
頼朝殿はわれらを討つつもりだ
はい
義経さま
しかしなぜだ
義仲追討から壇ノ浦に至る私の功績を
頼朝殿はどのように心得るつもりか
あまりに理不尽だ
もっともです

名場面を読む！

［原文］
判官、「とても、かうても、鎌倉殿によしと思われ奉たらばこそ」とて、以ての外けしきあしげになり給ふ。

［現代語訳］
義経は「いずれにしても鎌倉殿によく思われていないのだ」といって、たいそう不機嫌になられた。

◉義経に忍び寄る最初の刺客

こうして戦後処理がひと段落すると、頼朝はかねてからの懸案《けんあん》に取りかかる。つまり、義経の処分である。

頼朝と義経の確執は決定的なものとなり、ふたりの不和はすでに世間にも知られていた。しかし多くの人々は、これまでの義経の功績を知っていたため、義経を疎んじる頼朝の態度に首を傾《かし》げた。

やがて頼朝は義経追討を決意。義経が軍備を整える前に先手を打とうと考え、土佐坊《とさのぼう》昌俊《しょうしゅん》に暗殺を命じた。

一一八五（文治元）年九月二十九日、土佐坊が京に着くとすぐに義経に呼び出され、上京の目的を追及される。土佐坊は質問をはぐらかしたが、義経は彼の目的を見抜いていた。仰天した土佐坊は、熊野参詣に出向いたと起請文《きしょうもん》を書くなどして必死で弁明し、何とかその場を言い逃れた。

義経は情報収集力に秀でていた。合戦では、相手の機先《きせん》を制する奇策で鮮やかな勝利をおさめてきたが、それも情報収集と分析のたまものであった。

今回の暗殺の危機に際して、義経に情報をもたらしたのは彼の愛人の静御前《しずかごぜん》である。

❖義経の逃走経路

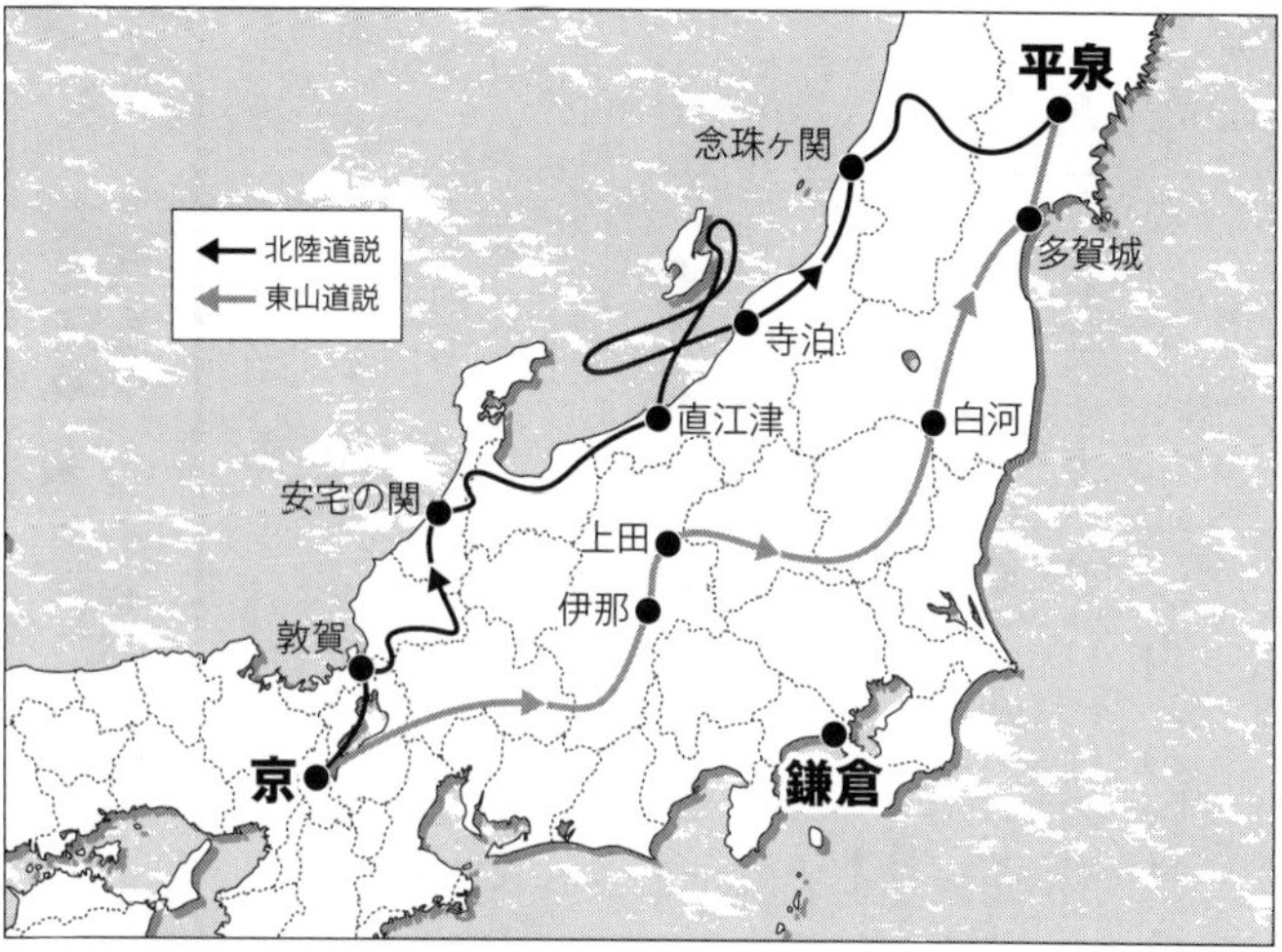

平泉
念珠ヶ関
北陸道説
東山道説
多賀城
寺泊
直江津
白河
安宅の関
上田
伊那
敦賀
京
鎌倉

静御前は、かつて清盛が使っていたふたりの禿髪《かむろ》を土佐坊の宿へ偵察に遣わした。しかし、ふたりともなかなか帰ってこないので、使用人の女に様子を見に行かせたところ、土佐坊は武装して出撃態勢に入っており、禿髪は宿の門前で殺されていることがわかった。静御前は、さっそくその情報を義経に伝えた。

はたして、その日夜半、土佐坊が五十騎を率いて義経の門前に押し寄せてきた。義経一行はわずかな手勢であったが、事前の情報のおかげで慌てることもなく、義経や武蔵坊弁慶の獅子奮迅の働きにより土佐坊一味を蹴散らした。そして捕えられた土佐坊は、六条河原《ろくじょうがわら》で処刑されたのであった。

巻第十二

義経の都落ち

英雄から落人へと転落した義経の悲劇

土佐坊による義経暗殺が失敗したことを知った頼朝は、すぐに次の手に出る。なんと、ふたり目の討手として義経の実兄である範頼を任命したのだ。

これまで義経との二人三脚でやってきた範頼は、頼朝の追討令を一度拒否した。それでも頼朝が命じてくるので仕方なしに引き受けたが、最初に拒否したことで忠誠を疑われ、出陣前に処刑されてしまった。

ついで義経問題に対応したのは北条時政《ときまさ》であった。彼は頼朝の妻政子《まさこ》の父で、のちに鎌倉幕府の初代執権《しっけん》となる人物。その時政が、頼朝の代官として上京することとなったのである。

時政上京の報せを聞いて義経は焦った。いくら軍事の天才とはいえ、京には義経方の軍勢はほとんどいない。身の危険を察した義経は、九州へ脱出して兵を集めることを決意。一一八五（文治元）年十一月二日には後白河法皇に嘆願して、九州武士団は頼朝ではなく、義経の配下につくようにという内容の院宣を出してもらった。これはつまり、頼朝追討の院宣であった。

❖頼朝の追捕から逃げる義経一行

さて…これからどこへ向かうべきか
御大将 頼朝殿は諸国に追捕の令を出しています

われらが逃げ延びられるとすれば奥州を選ぶよりほかにありません
なるほど

名場面を読む!

[原文]
頼朝卿の申状によて、義経追討の院宣を下さる。朝にかはり夕に変ずる、世間の不定こそ哀れなれ。

[現代語訳]
(後白河法皇は)頼朝の申し状によって義経追討の院宣を下される。朝に変わり夕に変わる定めなき世のならいは、まことに哀れなことである。

◉北国から奥州への彷徨

義経は京を出た。そして意気さかんに西国へ向かったのだが、彼の命運はもはや尽きようとしていた。

途中、摂津源氏を打ち破ったのも束の間、大物《だいもつ》ノ浦《うら》から舟を出すと猛烈な西風にあおられて難破し、大坂の住吉浦《すみよしのうら》に打ち上げられてしまったのだ。義経につき従っていた伯父義憲《よしのり》や行家の船も暴風にやられて行方不明になってしまう。その風は平家の怨霊によるものではないかと噂された。

義経はもはや九州に向かうどころではなくなり、奈良の吉野山に隠れることにする。しかし、僧兵に攻め立てられたことから、いったん京に戻り、北国を経て奥州へと逃れていった。平家追討で英雄と謳われた源義経は、こうして落人となったのである。

いっぽう、一一八五（文治元）年十一月七日に義経と入れ替わるように入京した時政は、法皇に宣旨を出すよう迫った。するとその翌日、法皇は今度は義経追討の院宣を出した。

わずか数日で院庁の命令が変わるのはまさに朝令暮改《ちょうれいぼかい》であり、人々は法皇の無節操さにあきれた。平家から義仲、義仲から義経、そして頼朝へとめまぐるしく政権が変わる、不安定な世の中を象徴するような出来事であった。

『平家物語』小話

都を追われ、奥州に散った義経の末路

『平家物語』では、義経のその後について頼朝に追われて奥州に逃げたとしか記されていない。しかし、奥州にたどり着いた義経には悲劇的な最期が待っていた。

義経が潜伏した先はかつての庇護者、藤原秀衡《ひでひら》のもとであった。秀衡は東北地方の支配体制を確立した奥州藤原氏第三代当主。たいへん度量の大きい人物で、平泉に着いた義経を快く受け入れ、衣川河畔に建つ藤原基成の邸宅に住まわせた。

頼朝はじきに義経の所在を知り、秀衡ら藤原氏に対して義経を引き渡すように再三圧力をかけてきたが、藤原氏側の大勢は義経擁護の立場であったため、頼朝の命令に従わなかった。

しかし、秀衡が亡くなると、事態は一変する。

秀衡は生前、息子たちに兄弟揃って義経を守るように遺言していた。ところが、秀衡の跡を継いだ泰衡《やすひら》は、頼朝の「義経を渡さなければ征伐する」という命令に抗しきれず、１１８９（文治５）年、義経の館を急襲したのである。

義経を守るのはわずか２０人ばかりの武士たちしかいなかった。彼らはたちまち討たれ、従者の武蔵坊弁慶は敵の前に立ちはだかり、全身に矢をあびながら、仁王立ちして亡くなったと伝えられている。

その間、義経は持仏堂に入り、妻と幼い娘を刺し殺し、館に火を放って自害して果てた。

ただ、義経には数多の生存説が残されている。北海道、さらにはモンゴルまで渡り、チンギス・ハンになったという伝説はあまりにも有名だ。伝説を裏づけるようなアイヌの地名も実際に見つかっており、義経の神秘性を増幅させている。

巻第十二

平家の断絶

残党狩りの犠牲となった平家の嫡流・六代

義経が逃亡を続けている頃、京では平家一門の残党狩りが行なわれていた。頼朝の命を受けた時政は、懸賞《けんしょう》をかけて、平家の人々を見つけては片っ端から殺していく。懸賞金目当ての輩は、平家の者とあらば女子供かまわず密告したため、幼子の処刑者が続出した。

それほど残党狩りが過熱していたにもかかわらず、どうしても見つからない要人の子息がいた。平家の嫡流、維盛《これもり》の息子六代《ろくだい》である。

一一八三（寿永二）年七月の都落ちの際、維盛は妻娘とともに六代を斉藤《さいとう》五《ご》・六《ろく》兄弟に託して京を離れた。その後、維盛は熊野で入水したが、六代は大覚寺《だいかくじ》に身を隠して平家滅亡のときを迎えていた。

◉斬首の危機に立たされた維盛の遺児

時政は血まなこになって六代を探した。しかし、いっこうに見つからない。仕方なく諦めて鎌倉へ戻ろうとしたそのとき、ある女房が六代の所在を密告する。

SMBC日興ニューワールド債权
ファンド（毎月分配
ブラジルレアル

みずほベレベ
米国ハイイールド債ドル

三井住友高ドル債ファンド
毎月分配。

『平家物語』小話

日本各地に残る平家残党の落人伝説

時政による残党狩りは過酷を極め、平家一門の生き残りは次々と討たれた。しかし、なかには追手を逃れて生き延びた者も存在し、「平家の落人伝説」として後世まで語られた。

落人伝説が残る場所は、平家に縁があり鎌倉から遠く離れた九州、四国を中心に全国百箇所以上あるといわれ、祖谷《いや》（徳島県）、五箇荘《ごかのしょう》（熊本県）、白川郷《しらかわごう》（岐阜県）、硫黄島（鹿児島県）などがよく知られている。いずれも監視の眼の届きにくい人里はなれた峡谷、離島などの僻地にあるのが特徴だ。

また、硫黄島（鹿児島県）には壇ノ浦の合戦を生き延びた安徳天皇がこの地で６７歳の天寿をまっとうしたという伝説もあり、歴史のロマンをかき立てる。

時政はすぐに軍勢を引き連れて大覚寺近くの菖蒲谷《しょうぶたに》に向かい、母や乳母、斉藤五・六兄弟が嘆き悲しむのを横目に見ながら、当時十二歳の美少年六代を六波羅へと連行した。

六代逮捕の翌日、彼の乳母が文覚上人のことを知り、藁《わら》にもすがる思いで文覚のもとを訪ねた。乳母は頼朝からの信頼の厚い文覚のとりなしがあれば、六代の命を助けてもらえるのではないかと考えたのである。

美しい若君を弟子として欲していた文覚は、乳母の嘆願を受けて時政を訪問。六代を一目見ると、その気品のある美しい姿に哀れみを覚え、何としても助けたいと思った。そして時政に六代の処刑を二十日間だけ延ばしてもらえるよう頼み、頼朝がいる鎌倉へと向かう。

一一八五（文治元）年十二月十六日、約束の日となったが文覚からの連絡がないため、時政は六代を処刑場に連行した。ところが、なぜか目がくらみ、なかなか斬り殺すことができない。そこに頼朝の赦免状をもった文覚が駆けつけ、六代の命は助かったのである。

そうしているあいだにも、平家の残党狩りは続いていた。重盛の六男忠房《ただふさ》は紀伊（和歌山県）にいたところを捕えられ、鎌倉で頼朝に面会した後で殺された。重盛の七男宗実《むねざね》は鎌倉に下る途中に飲食を絶って死に、知盛の次男知忠《ともただ》は法性寺《ほっしょうじ》で自害している。

さて、六代は十六歳になると出家し、高野山から熊野へと父維盛ゆかりの地を旅しながら修行を続けた。一門の生き残りである自分の存在を、頼朝が危険視していると知ったことが出家のきっかけであった。しかし、後白河法皇が亡くなり頼朝も没すると、六代にも死が迫ってくる。

一一九九（建久十）年、かねてより後鳥羽上皇の政治を批判していた文覚は、高倉上皇の第二皇子の即位をもくろんでいることをあばかれ、隠岐《おき》に流された。すると追及の手は六代にも及ぶ。当時三十余歳の六代は高尾で修行に専念していたが、彼は平家の嫡流であり、文覚の弟子でもあることから、危険人物と見なされて逮捕された。そして鎌倉へ護送される途中、田越川《たごしがわ》で斬首されたのである。これにより、平家の子孫は永久に絶えた。

❖処刑される六代

名場面を読む！

［原文］
駿河国住人岡辺《おかべ》権守《ごんのかみ》泰綱《やすつな》に仰せて、田越川にて切られてげり。…それよりしてこそ、平家の子孫は、ながくたえにけれ。

［現代語訳］
（鎌倉殿は）駿河国の住人、岡辺権守泰綱に仰せつけられ、（六代は）田越川で斬られてしまった。…こうして、平家の子孫は永久に絶え果てたのである。

灌頂巻

女院出家

物語の終焉を告げる建礼門院徳子の回顧談

平家一門の栄華から滅亡までを語り終えた物語は、最後に清盛の娘建礼門院徳子（高倉天皇の妻）の後日談で締めくくる。

壇ノ浦の合戦の最後、女院は入水したものの源氏方の兵士に引き上げられてしまい、死ぬことがかなわなかった。京に戻ってからは東山の麓、吉田のあたりの荒れ果てた屋敷でわび住まいをしていたが、一一八五（元暦二）年五月に出家する。

女院は当時二十九歳。仏門に入ったとはいえ、海底に消えた母二位殿時子やわが子安徳天皇を何かにつけて思い出し、涙にくれない日はなかった。

七月九日には大地震が起こり屋敷が崩壊したため、女院は九月下旬に大原の寂光院《じゃっこういん》に移り住んだ。

そこでふたりの姉妹の世話を受けながら、安徳天皇と平家一門の菩提をとむらい、念仏に明け暮れる毎日を過ごしていると、一一八六（文治二）年四月下旬、突然、後白河法皇が訪れる。

法皇はかねてから女院のことを気にかけており、その心を慰めるべく、お忍びでやって

❖仏門に入る女院

わたしは
出家します。
そして平家の
菩提を弔います

尼になった女院は
今は亡き平家の
人々のために
念仏に明け暮れた

名場面を読む！

［原文］

浮世を厭《いと》ひ、まことの道にいらせ給へども、御嘆はさらにつきせず。

［現代語訳］

浮世を厭い、仏の道にお入りになっても、（建礼門院の）お嘆きはいっこうに尽きることはなかった。

きたのであった。

◉生きながら六道をさまよった女院

法皇の来訪に気づいた女院は、変わり果てた姿で対面することをためらっていたが、女院に仕える阿波内侍《あわのないし》の勧めで法皇と会うことにした。

女院は、安徳天皇の面影が今も忘れられないと涙ながらに語り、自らの半生を六道《ろくどう》になぞらえて述懐していく。

六道とは、人が生前の行ないによって死後に訪れる六つの迷い世界のこと。具体的には地獄《じごく》、餓鬼《がき》、畜生《ちくしょう》、修羅《しゅら》、人間《にんげん》、天上《てんじょう》の六つをさし、人は極楽往生を遂げない限り、無限に六道をまわり続ける。これを輪廻転生《りんねてんしょう》と呼ぶ。

かつて国母と崇められ、栄耀栄華を極めた女性が落人となり、戦乱の真っ只中に投げだされ、最後は海中に身を投げる——女院の波乱万丈な半生は、まさに六道をさ迷ったかのごとくであった。

法皇はその話を涙ながらに聞いた。

そもそも源氏に平家追討の院宣を与えたのは法皇だから、法皇と平家は本来は仇敵だ。そうした関係にあっても、法皇は運命に翻弄された女院の話を、涙なしに聞くことができ

『平家物語』小話

悪人でも往生できる!? 女院往生が示す意味

『平家物語』は建礼門院の最後について、「念仏の声が次第に弱まった頃、西方に紫雲がたなびき、香が室に満ち、美しい音が空に聞こえた」と、女院の往生を語っている。

平安時代以来の仏教では、女性は悪であり、女性のままでは往生できない、修行を積んで一度男性になってから往生すると考えられていた。しかし、女院は女性のまま往生した。

これは『平家物語』の根底にある仏教観を象徴している。つまり、女性＝悪人と考えると、悪行の限りを尽くして無惨な死を迎えた平家の武将や公達などにも救済が訪れるということになる。『平家物語』は単に平家一門の滅びを描いているのではなく、その救済をも語っているのだ。

なかったのである。

やがて寂光院の鐘が日暮れを告げ、別れのときが訪れる。法皇は名残を惜しみながら、寂光院をあとにした。

その後、女院はひたすら念仏を唱えながら余生を送った。

しかし、やがて死期を迎え、一一九一（建《けん》久《きゅう》二）年二月、阿弥陀如来の手にかけた五色の糸を持って極楽往生を願いながら静かに往生を遂げた。それは、母后から捕らわれ人へという数奇な運命をたどった女性とは思えないほど、穏やかな最期であった。

こうして、物語は悲劇的な結末を迎えた平家一門の救済を暗示するかのように幕を閉じるのである。

『平家物語』史跡ガイド③ ～西国編～

壇ノ浦
源平最後の決戦地。七盛塚と呼ばれる平家一門の墓所などがある
厳島神社
平家一門が篤く信仰した。華麗な「平家納経」が奉納されている
神戸
平清盛の本拠地、福原を基盤に発展した都市。清盛塚などが残る
岡山
水島
藤戸
広島
福岡
太宰府
宇佐神宮
大分
香川県屋島
安徳天皇社
安徳天皇が内裏として滞在した行宮跡に建てられた神社
弓流しの跡
義経が合戦中に弓を落とし、命がけで拾い上げたとされる場所
佐藤継信の碑
屋島寺
菊王丸の墓
駒立岩
祈り岩
洲崎寺
六万寺
屋島駅
佐藤嗣信の墓
義経の護衛をつとめ、身代わりとなって討死した奥州武士の墓
兵庫県須磨
妙法寺駅
那須与一墓所
平重衡捕われの松跡
生田の森から敗走した平重衡は、ここで源氏方の兵士に捕えられた
月見山駅
須磨寺駅
安徳帝内裏跡伝説地
須磨浦公園駅
須磨駅
戦の浜の碑
敦盛塚
源氏軍の熊谷直実に討たれた美少年平敦盛を供養する五輪塔

◉おもな参考文献

『徒然草・方丈記』稲田利徳編（新潮社）／『平家物語の女たち』細川涼一、『平清盛 福原の夢』高橋昌明、『双調平家物語ノート2 院政の日本人』橋本治、『平家物語』杉本圭三郎（講談社）／『源義経と源平の合戦』鈴木亨、『図説平家物語』佐藤和彦ほか（河出書房新社）／『平家物語図典』五味文彦ほか編（小学館）／『平家物語』板坂耀子（中央公論社）／『方丈記』武田友宏編（角川書店）／『変貌する清盛』樋口大祐、『平清盛』五味文彦、『源平の内乱と公武政権』川合康（吉川弘文館）／『平家物語ハンドブック』小林保治（三省堂）／『新・日本伝説100選』村松定孝（秋田書店）／『源義経』関幸彦（清水書院）／『完全版日本史の全貌』武光誠／『平家物語を知る事典』鈴木彰ほか（東京堂出版）／『平家物語おもしろ意外史』加来耕三（二見書房）／『平家の棟梁 平清盛』高野澄（淡交社）／『見果てぬ夢』財団法人JR東海生涯学習財団編著（ウェッジ）／『「平家物語」を歩く』見延典子（山と渓谷社）／『天皇家「謎の御落胤」伝説』歴史読本編集部編／『平家物語』梶原正昭（岩波書店）／『鎌倉殿誕生』関幸彦、『続々日本史こぼれ話 古代中世』笠原一男ほか（山川出版社）／『平家物語への旅』西田直敏（人文書院）／『歴史群像シリーズ36平清盛』、『源平物語』安西篤子ほか、『図説源平合戦人物伝』（学習研究社）／『平家物語が面白いほどわかる本』千明守（中経出版）／『男は美人の噂が好き　ひかりと影の平家物語』大塚ひかり（清涼出版）／『平家物語を歩く』佐藤章江監（JTBパブリッシング）／『平家物語の女たち』宮尾登美子（朝日新聞出版社）

監　修

関幸彦（せき　ゆきひこ）
1952年生まれ。学習院大学大学院人文科学研究科博士後期課程単位修得。学習院大学助手、文部省などを経て、現在日本大学教授。学習院女子大学非常勤講師。日本中世史を専門とし、朝日カルチャーセンターなどの講師もつとめる。おもな著書に『武士の誕生』（NHK出版）、『蘇る中世の英雄たち』（中央公論社）、『鎌倉殿誕生－源頼朝』（山川出版社）、『神風の武士像』『その後の東国武士団』（吉川弘文館）などがある。

画

横山光輝（よこやま　みつてる）
1934年生まれ。1955年に『音無しの剣』で漫画家としてデビュー。1991年『三国志』で「日本漫画家協会賞優秀賞」を受賞した。歴史のほか時代・SF・少女漫画など幅広いジャンルの作品を手がけ、2004年に69歳で逝去。代表作に『鉄人28号』『伊賀の影丸』『魔法使いサリー』『徳川家康』などがある。

JIPPI Compact

じっぴコンパクト新書　095

平《ヘイ》家《ケ》物語《モノガタリ》
マンガとあらすじでよくわかる

2011年11月19日　初版第一刷発行

監　修……………関幸彦
発行者……………村山秀夫
発行所……………実業之日本社
〒104-8233　東京都中央区銀座1-3-9
電話（編集）03-3535-3361
（販売）03-3535-4441
http://www.j-n.co.jp/
印刷所……………大日本印刷
製本所……………ブックアート

ISBN978-4-408-45363-7（趣味・実用）